為了忘卻的記憶

一名香港前線醫護人員的抗疫日記

史可鑒 著

商務印書館

謹以這本書獻給所有

曾在第五波疫情中失去親友的人。

序

香港第五波新冠疫情自 2022 年 1 月初爆發以來，雖然受感染人數隨着時間的推移逐步上升，但由於我經歷過之前四波疫情的洗禮，所以在最初的階段心情不特別擔心和緊張，心想沿着以往行之有效的方式處理，疫情終究會穩定下來。直至到了 2 月 14 日，我回到工作崗位，始發覺疫情已經急轉直下，絲毫沒有給我預留那麼一丁點把壞消息消化下來的心理準備。那一天在醫院裏看到的景象，論驚嚇的程度雖然和半個多月後的形勢根本無法相比，但憑着多年的臨床工作經驗，本能一般的直覺提醒我疫情已經失控，當局若不對防疫政策和措施作出迅速的調整，香港將會面臨災難性的後果。

那天吃晚飯的時候，一個熟悉的書本輪廓突然出現在我腦海之中。那本書的名字叫《2020 武漢日記》，作者黎婧，是一名在新冠病毒於武漢爆發初期的受感染者。她本身是一名插畫師，確診後被送到當地的方艙醫院隔離治療。她憑藉自己的專業繪畫技術，在接受治療期間把方艙醫院裏的見聞以畫筆記錄下來。在她完成的畫作中，一個又一個令人振奮和窩心的故事活靈活現地躍然紙上，並且感動了成千上萬的中國人。由這些繪畫故事集結而成的《2020 武漢日記》，出版後獲得了巨大的成功。我的書架上自然少不了這一本收藏，書中的數個故事確曾令我

潛然淚下。

看到眼前的情景，也預計到未來幾個月將會在此處上演的激烈戰況，我第一時間想到的就是這本書。受到這本書的啟發，我也希望跟隨黎婧小姐的路徑，把從那天起本地醫護人員抗擊新冠病毒的真實情況，以文字詳盡紀錄下來，作為後世的參考和評鑒。

根據我的初步估計，無論疫情的發展如何觸目驚心，當感染人數到了峰頂，就必會自然回落，三個月後應該漸趨平穩，於是我把日記的時間跨度定為三個月。現在看來，我在這方面的預測是頗為準確的。另一方面，雖然我在寫下第一篇日記的時候，就料到往後與病毒的戰鬥將會驚心動魄，險象環生，但當我一天一天地寫下去，真實的情況一如所料地驚險萬分，然而與我想像中的嚴峻和殘酷程度相比，何止高出千百倍。就這方面的估算而言，我是徹底失敗的。

結果，在寫了三個月的抗疫日記之後，這90篇透過每天詳細觀察匯聚而成的文稿，竟然記下了一些任憑智慧最高、眼光最獨到的精英如何猜想，也絕無可能想像得到的景況。如果不是親眼所見，無論如何我也不會相信，這個號稱全球其中一個經濟水平最卓越、科技實力最先進、醫療設施最完善的國際大

都市，竟然被新冠病毒殺得非常狼狽，防疫抗疫措施失效。在
醫院裏面，曾有那麼一段時間變成了人間煉獄，慘不忍睹。在
無法逆轉的巨災之前，人類的性命就如草芥，全無尊嚴可言。
醫生和護士與其說在盡力搶救生命，不如說在竭力完成自己的
工作罷了。至於自己的工作會否轉化成有意義的結果，那卻是
一個很大的問號。

　　儘管在工作的時候不一定能挽救生命，但我深信這本利用
每天工餘時間寫成的日記是具有價值的，它本身就代表了一種
堅毅的精神。在疫情肆虐的那兩三個月，醫院的工作極度忙碌，
每個醫護人員在離開醫院的那一刻都必已累得半死，而且還要
承受巨大的精神壓力。能堅持下來每天完成一篇文稿，本身就
彰顯着一種不屈不撓的力量，不啻是對病毒的藐視和嘲笑，也
是對牠最有力的回敬。無論病毒如何猖狂，都不可能戰勝不願
低下頭顱的人。其他人面對新冠病毒有甚麼想法和做法，我無
法控制，但我用實際行動證明了自己不會輕易放棄。

　　除此之外，我認為這本日記最大的價值在於，它記錄了香
港其中一段最傷心的歷史，如實反映了病毒為禍時醫院和社會
發生過的事件。這些事件有一些令人痛心欲絕，也有一些卻是
荒謬絕倫的。對於大部分市民而言，他們當時甚難有機會親身
目睹最慘烈的景況，事過境遷之後也未必有方法發掘事實的真

相。這本書恰好為那些希望了解真相的人士，提供了一條可靠的途徑。

最後，對於為政者而言，這本日記絕對有可觀的參考價值。以史為鏡，可以知興替。這本書從最初開始，其寫作目的就不是為了尋找缺點和失誤，更不是為了指出哪個個人或部門應該為抗疫不力負責，因為剛開始時根本無從得知抗疫的結果如何。以現在的眼光回望過去，當然可以透過書中的文字一窺整個第五波抗疫歷程有何缺失。從歷史中學習，才能認清當時決策上出現的問題，方能作出相應改善，為未來作好準備。

史可鑒

2022 年 5 月

三	四	五	六
2	3	4	5
9	10	11	12
16 空氣在顫抖 彷彿天空在燃燒 *p27*	17 實踐是檢驗真理 的唯一標準 *p30*	18 放棄幻想 準備戰鬥 *p33*	19 醫院裏的捉迷藏 遊戲 *p37*
23 但丁筆下的人間 煉獄 *p46*	24 亂世 *p49*	25 孤軍作戰 *p52*	26 家務 *p54*

三	四	五	六
4 五四運動 103 週年的反思 *p217*	5 來自遠方的團結和力量 *p220*	6 難以承受的遺憾 *p221*	7 重獲新生的日子 *p224*
11 以灰暗的色調落幕 *p233*	12 長津湖水門橋 *p236*	13 是時候說再見 *p241*	14 危城三月完結篇 *p243*
18	19	20	21
25	26	27	28

引子 駁斥 Omicron 變異株只是輕微流感的論據

　　新冠病毒（COVID-19）在 2019 年末爆發以來，至今已過了兩年多，期間在世界各地導致無數人受到感染，數以百萬人染疫死亡，而受影響最大的非美國莫屬。儘管全球的頂尖科學家仍然廢寢忘餐、努力不懈地為盡快消除新冠病毒對人類的影響而奮鬥，但時至今日，仍然有不少本港市民聲言冠狀病毒的新型「奧密克戎變異株」（SARS-CoV-2 Omicron variant）只是一個輕微的流感，病死率並不高，所以不會對人類健康造成很大的影響。他們並以此觀點責備政府，聲稱根本不需要大費周章執行嚴厲的防疫措施，既擾民又影響經濟發展，不如像西方國家一般與病毒共存。

　　這種觀點顯然是錯誤的，只是缺乏醫學常識的流言蜚語，醫學界權威人士從沒有公開發表過同類言論，足以證明缺乏科學證據支持該等論點。這類傳言雖然可笑，但卻有騷擾防疫工作的負面效果，所以不能不及時加以指正。

　　從醫學角度而言，雖然 Omicron 的病徵較以往眾多病毒株輕微，病死率也較低，據現時觀察約在 0.5% 左右，表面上真的像是一個輕微的流感病毒。然而，持這個觀點的人士似乎刻意迴避了一個事實，就是 Omicron 具有比流感以及其他新冠病毒

變異株高得多的傳染率。在過往的一個多月內，牠已攻陷了全世界大多數國家，受感染人數成幾何級數攀升。只要運用簡單的數學原理思考，假若受感染人數的基數龐大，即使病死率的百分比只有 0.5%，實際的死亡數字也會很大。假若美國最終有 4000 萬人受 Omicron 感染的話，也會約有 20 萬人死亡。這數字已經遠較美國每年死於流感的人數為高，而觀乎美國過往的防疫態度，4000 萬並非想像中的遙不可及。

事實上，這絕非危言聳聽的謠言。在過去的一個月內，美國的新冠病毒染病、住院以及死亡數字都迅速上升，死亡人數已到了每天近 3000 人左右。即使這個數字不再上升，一個月內就將會有十萬人死亡。如果這個數字仍未足以讓人恐懼，那麼因大量新冠病毒患者入院而導致的醫療系統崩潰，將令其他正常情況下可以治癒的病人，因未能獲得足夠的醫療資源而死亡，特別是那些病情嚴重，卻因深切治療部牀位爆滿而未能入住的人士。從這個角度看，Omicron 就顯然不是一種輕微流感那麼簡單了。

若把目光移回香港，就不難發現本地有一些比美國更不堪的先天性防疫缺陷。香港市區面積狹小、高樓大廈林立、人口密度極高，是高傳染性病毒傳播的理想環境。加上本地疫苗接種率偏低，不少長者仍未接種疫苗，而他們卻是染上新型冠狀病毒後致死的高危一族。若當真把 Omicron 視為輕微的流感，不再採取嚴厲的防疫措施而與病毒共存，那麼必須考慮以往香港每年染上流感的病人數以十萬計。只取 50 萬這個數字，也將

會約有 2500 名港人死於 Omicron，這已經遠超 2003 年的沙士死亡人數數倍之多。那不禁要問，如果我們今天可以容忍 2500 名的死亡人數，那麼當年為何要認真對付沙士？

一部分支持與病毒共存的人還有另一個觀點，認為可以趁這個機會藉達爾文「物競天擇、適者生存」的進化論原理，淘汰一些上了年紀、而且對社會不再具備生產力的人，藉此減低政府在社會福利上的財政負擔。在醫學上，這是極不道德的手段，相信不會獲得任何具責任心的醫護人員支持。如果連這種卑鄙的方式也可以採納，那麼採用同一原則，大部分疾病是到了年老時才出現的，基本上就全都不需要治療了。總不能說各方需要動用大量人力、物力和財政資源去治療癌症、心臟病、中風等疾病，但就可以讓患上新冠病毒的老年人自生自滅吧。畢竟，每個人的性命只有一條。

另一方面，其實也不需要擁有深入的醫學知識，只需要運用常理思考，就可以察覺在為人類建立起有效的防禦力之前，與病毒共存的方式是不可行的。

英美等國在 2020 年初新冠病毒開始流行的時候，就是輕視了病毒對人體和社會經濟的破壞力，輕率地選擇了「躺平」式的與病毒共存方法，錯過了遏止病毒擴散的最佳時機，導致以後一發不可收拾的結果。時至今日，想再回頭控制病毒也已經不可能了，但其社會、政治、經濟、民生、醫療系統卻遭受了嚴重打擊。

美國就是從一開始就把新冠病毒當成流感看待的國家之一。

如果新冠病毒真的只是流感,那麼我們何曾看過流感可以把美國蹂躪成現在這個樣子。哪年的流感曾經使美國一年喪失 40 多萬條性命,屍體堆滿紐約的殯儀館,美國人均的預期壽命光在 2020 年就下降了 1.5 歲,還導致美國的產業鏈斷裂,逼使美國聯儲局要大量印發美元,令美國政府要向國民派發現金補貼,讓不少美國人眼見即使不用工作也有現金收入而寧願辭職躺平,大量貨輪停泊在加州外海等待靠岸,貨櫃碼頭癱瘓,物流中斷,通脹率上升到 40 年最高的 7%,美國人要勒緊褲頭過苦日子……

流感常年有,何歲猛如斯?

另外,如果新冠病毒真的只是流感那麼簡單,那麼特朗普總統,哪年患上流感時曾經願意作為白老鼠而服用試驗中的藥物?流感既然病情輕微,何以特朗普總統又建議國民注射消毒劑作為治療?既然大部分流感病症是可以自癒的,那美國又何須如此勞師動眾呢?

第 一 章

Omicron 大爆發

愛在瘟疫蔓延時

今天是 2 月 14 日情人節，但我有的只是著名小說和電影《愛在瘟疫蔓延時》的那種不祥感覺。

今天是我放了兩天假後的首個工作日。當我走進十分熟悉的醫院診症區，竟然立刻嚇了一大跳。這裏和兩天前我離開時的光景，有着天壤之別。

我在以前的人生從來沒有真正感受過甚麼叫水深火熱，但今天在我踏進診症區的一刹那，腦中霎時間浮起的就是這種感覺。

整個診症區堆滿了病牀，擠得密不透風。護士跟我說，有幾名確診新冠病毒的病人，從昨晚起就一直佔用了幾個診療室等候入院。因此看病的空間被擠壓得愈來愈少，愈來愈多的病牀被塞在走廊上。

今天是 Omicron 新冠病毒變異株在香港引起大爆發，單日確診人數過千宗後的第六天，從四面八方湧來了很多自我檢測呈陽性或經正式檢測後確診的病人。這些人混在其他病人之中，一起擠在候診區的狹小空間，令我心裏感到極為不安。我相信有那麼一小撮人，是因為今天來了醫院而被傳染的。

我整天看了大約八、九名成年確診者，當中一些是完全沒有病徵的，另外的病徵也不算嚴重。當我跟他們說，由於醫院的隔離病

牀已經爆滿，他們不能即時入院，需要回家等候，而等候的時間現在已經長約五、六天，而且只會愈來愈長，他們眼中的驚愕使我問心有愧，極不好受。

然而，最讓我擔心的還是那些小朋友。今天來求診的人羣裏，有不少確診的小孩，最小的那個才幾個月大。我在臨時搭建於醫院之外的帳篷裏看了其中一名幼童。這些小朋友一般都是有病徵的，病情明顯比成年人嚴重。

作為醫生，我看到那些一、兩歲的小朋友，發燒超過 39 度，又吐又累，我真的不忍心向他們的父母說，他們要回家等候入院。我心底裏知道，那不是十分安全的做法，但我無能為力。

工作的時候，一位資深的護士走到我身邊高聲嚷道：「我們這裏一直說要有 IQ、EQ，但現在卻『勿 Q』都沒有。」

我可以怎樣呢？她可沒有說錯呀。這裏沒有牀位，沒有足夠的人手，而且大量病人積聚在診症區未能入院，所以連行走的空間都顯得局促。我唯有向着她苦笑。

我害怕嗎？沒有，因為這是我的職責。我擔心嗎？擔心，擔心把病傳給了我的孩子。

晚餐的時候，我突然忽發奇想，決定從今天起開始寫《為了忘卻的記憶》，把瘟疫蔓延時香港的每一天用筆記錄下來。

晚上下班的時候，等候入院病人的病歷表，已堆積得有三、四寸厚。忙得不可開交的護士板着面孔說，疊在最上面的那名病人，即使幸運的話不是確診者，不需住進隔離病房，但到了明天早上應

該仍未能入院。

前幾天翻查資料，才回憶起在 2020 年初曾主動向上頭提出逆行的申請，希望可以北上武漢支援。最後由於當時本港的醫療界沒有這種安排，所以未能成行。兩年後的今天，我已不需逆行了，因為我已置身戰場的中央，親身感受子彈橫飛的殘酷，也正用上自己的一分力量保衛這個城市。一天的戰鬥下來，我對兩年前武漢的那些醫護人員更加心懷敬意。他們只用了兩個月的時間，就完成了不可能完成的任務。我很想知道，他們是怎樣締造奇蹟的。

希望在三個月之後，我仍能活着，並找到答案。

2022 年 2 月 15 日

勇敢的心

昨晚下班後，在醫院的宿舍過了一夜。今早起來，重新踏進診症區，那景象是一如所料的惡劣。

除了那些到醫院求診前，早已在外面初步或正式確診的病人需

要回家等候入院之外，另一些病情比較嚴重，經過醫生診斷後認為需要即時入院治療的患者，如在入院前依例進行的快速測試中呈現陽性反應，也需要在診症區輪候入院，等待隔離病房病人出院後騰出的病牀。早上的時候，診症區裏累積了約十餘名這類病人，大部分是安老院的長者。稍有經驗的醫護人員都知道，這些人就是感染到新冠病毒後死亡的高危類別。

早上上班後的第一項工作，就是被護士呼喚到一個安置這類病人的區域，去看一個情況轉差的老人。這個區域不是一個正式的病房，病人在等候期間所得到的治療，也不像正式病房的那麼完善，甚至連最基本的血液化驗和普通的藥物也沒有。我能做到的，只是處方一些必要的藥物，希望能有所改善。但如果他繼續惡化下去，又不能入院接受正規的治療，在那個叫天不應、叫地不聞的角落，我也只能乾瞪起眼睛看着他。

臨時搭建在醫院外的帳篷，是讓初步確診或正式確診病人等候用的，這一、兩天都是客似雲來。每個帳篷裏的設備極為簡陋，只有一、兩張凳子而已。有時候，一個帳篷裏擠滿了全家有老有嫩的幾名成員。到室外的地方看這些病人，醫生必須先在室內穿上整套防護衣物。看完病人後，也要先脫下手套和保護衣，才能重新回到室內。午飯之前，我已經來來回回重複了這種動作兩、三次，幸好今天沒有碰上小孩子。平常看病的時候，我總會逗着他們笑。但這幾天，他們卻變成了我心中的一條刺，並逐漸匯聚成憂慮的泉源。

在這個疫情蔓延的時候，最受影響的是危重病人的拯救。今天

在搶救室為一名突然失去心跳的中年病人搶救時，六、七名穿着黃色防護服的醫護人員，一起擠在狹窄的搶救室進行心肺復甦法，各人的身體部位互相磨擦，使用的醫療廢物散滿一地。慶幸病人最終被救活了，但我擔心若然病人是新冠病毒確診者，那個亂七八糟的搶救室即使經過消毒清潔，也會變成潛在的病毒溫牀。

這幾天雖然面對疫情嚴峻的挑戰，但作為戰場上衝鋒陷陣的士兵，我是無怨無悔的。這是我的天職，也是我的使命。我不幹，誰幹？我的腦海不時湧現出其中一套最喜愛電影裏的片段。澳洲籍影星米路吉遜在《驚世未了緣》（Braveheart，又譯《勇敢的心》）飾演蘇格蘭民族英雄威廉華萊士。在 1297 年 9 月 11 日的史特靈橋之役對陣強大的英軍時，面對因怯戰而想逃離戰場的蘇格蘭民兵，他作出了以下一段振奮軍心的演說：

Aye, fight and you may die. Run, and you'll live……at least a while. And dying in your beds, many years from now, would you be willin' to trade all the days, from this day to that, for one chance, just one chance, to come back here and tell our enemies that they may take our lives, but they'll never take……OUR FREEDOM!

面對新冠病毒，逃跑從來不是我的選項，奮起反擊才是唯一的選擇。在那場著名的戰役中，威廉華萊士成功以弱勢兵力擊潰擁有重裝甲騎兵的英軍。希望我們也能成功。

空氣在顫抖　彷彿天空在燃燒

「香港的醫療系統已經崩潰了。」這是我近幾天聽得最多的一句話。包括醫生、護士、救護員等與醫療相關職系的朋友和同事，都不斷在我耳邊訴說着自己的苦況。雖然我也感受到這種情況，但今天出自一位護士同事和一位救護員口中的資料，令我不得不對「崩潰」這兩個字的意義，重新有了深刻的認識。

原來，昨天一些救護車到達醫院大門前，由於候診區內的空間已經見縫插針地塞滿了病人，那些不能自由活動的患者要在車上等候兩小時，才能被推進室內進行登記。在這兩小時內，除了可以在救護車上繼續吸氧之外，基本上甚麼治療都沒有。救護員透露，其實我們的醫院已經不算太差，在另外的一些醫院，病人可能要在車上等候三小時，才有機會進入候診區。一些護士甚至建議救護員，把已經送到醫院大門前的病人，轉送往另一間醫院。然而，每一間醫院都有着相同的情況，何處才是歸宿呢？

老實說，我整個人生從來沒有使用過「覆巢之下，焉有完卵」這句成語。今天，這個陌生的用語卻霎時間湧上心頭，而且讓我有了最切身的體會。

救護員比我們並不好到哪裏去。在這段困難的時期，忙碌已是最不能說出口的話。要比忙碌，大夥兒都知道自己肯定不是最具代

表性的一個。據悉，一些救護員及其家人已經染疫。在人手本來已經短缺的局面下，不斷有戰友退下火線更令他們百上加斤，唯有死馬當活馬醫。幾天前，當局已經採取臨時措施，把原本由三名救護員負責一輛救護車的正常規定，部分改為由兩名成員負責一輛。儘管這是無可奈何之下的權宜之計，但兩人一組的團隊基本上難以處理緊急的狀況。由於救護員人手上的捉襟見肘，不少原本在救護學校當教官，或在辦公室處理文書工作的人員，也被要求執行救護車任務。

救護員現時另外面對一個難題。由於現時很大部分經救護車送院的人士都是確診者，在執行完這類工作之後，為了排除交叉感染的風險，救護車不能馬上運送另一名病人，必須先回到救護站進行清洗消毒，整個程序大約需要一小時。由於這個緣故，不但救護員人手短缺，隨時可投入運作的救護車也極度匱乏。正常情況下，救護車極少跨區執行任務，但在這個非常時期，救護車跨區執勤的次數只會愈來愈多。不難想像，如果一名病人在深水埗區心跳驟停，要由銅鑼灣的一輛救護車駛過海底隧道前往救援，途中所需的時間將會大為延長，病人能成功救活的機會也必然大幅下降。

這種情況我早就料想到了，所以一直堅持己見，指出 Omicron 並非一個輕微的流感。它不但會導致某部分受感染患者身亡，也令一部分人產生現時仍無法完全預測的併發症和後遺症，更會因醫療系統的崩潰而令一些並沒受到感染，本來可以被救活的人也丟失性命。

今天看了一名年青的發燒病人。問診完畢後我直接跟那人說，現在發燒的大部分人最後都會被確診，我指導他怎樣在家裏自我隔離。我對那人說，Omicron 新冠病毒變異株並不只是輕微的流感，在全世界範圍內已經奪去了很多人的生命。聽完我的說法後，那人睜着眼一臉茫然，發愣了十多秒後連半句話也說不出來。看到這種從未遇過的怪異反應，我問那名病人是否從沒聽說過這些情況。可惜的是，空氣中依然沒有傳回任何聲音，從絕望的神色中我立刻意會到，那人之前應該接收了錯誤的資訊。

我隨即想起了一位朋友幾天前的話。他說：「其他人受感染就是流感，自己受感染就變成了絕症。」

那天，我只是以為他在說笑。今天，我不得不驚歎他的洞悉先機。

實踐是檢驗真理的唯一標準

　　兩年前的今天，一篇題為《像 Covid-19 這樣的疾病在非民主國家更致命》(*Diseases like covid-19 are deadlier in non-democracies*) 的文章，厚顏無恥地刊登於英國著名的《經濟學人》雜誌之上。我今天特意重讀了這篇文章，為的是對西方國家的傲慢與偏見，再次發出新一輪的恥笑。對於西方所謂「民主」國家的政客和媒體的這種恥笑，當年年底已經在全球不少具客觀思考能力人士的臉上展現過一次。

　　時間是最好的裁判官，而實踐是檢驗真理的唯一標準。只過了兩年，文章裏所說的謊言全都被事實證明是錯誤的，除了反映西方人自己的無知、淺薄、對中國人高高在上的心態，以及在毫無客觀證據之下對中國作出無理抹黑的不道德傳媒手法之外，更是精彩絕倫的自我打臉的經典案例。如果要指出文中哪一個觀點是正確的話，就只有「一種病毒，兩種制度」(One bug，two systems) 那個坑死了自己的偉論。這個在當時整個西方世界幸災樂禍的心態下作出的前瞻性總括，到頭來一語成讖，道出了民主國家現時面對中國時的蒼白無力。

　　制度上的孰優孰劣，現在有目共睹，無可爭辯，總不能說控制新冠病毒失敗的英國比中國更優越吧。英國的人口和中國湖南省相

約，均有 6000 多萬人。英國確診人數多達 1800 萬，是湖南省的 1萬 4900 倍，死亡人數接近 16 萬，竟是湖南省的四萬倍。別忘了中國在成功控制病毒擴散之後，所付出的努力在國民經濟發展以及社會穩定上獲得豐厚回報，比現在仍被病毒弄得焦頭爛額的英國，好的並不只是一點點而已。

然而，這些對中國的無理指責和抹黑從沒停止過，近期更有西方傳媒指中國的清零政策，是 2022 年全球的最大危機之一。這種指鹿為馬的巧言令色，雖然讓理智的人啼笑皆非，卻成功令香港的不少市民，對明明早已取得防疫成功的中國，繼續存有負面觀感。或許，這就是西方傳媒撰寫這類文章的動機和期待的結果。

近期香港的 Omicron 疫情出現失控現象，確診人數呈幾何式增長，大量確診人士不能即時住院接受治療，要在家裏焦急地等候住院安排。一些不明就裏的市民因此在網上聲稱，如果確診後還要在家中等候住院，那就和西方國家的與病毒共存無異，港府就不應再作那些無謂的防疫措施。此外，一名剛於本地某大學畢業的年青人曾和我爭論，聲言一種傳染病嚴不嚴重，只需看它的死亡率，其他數據完全不重要，所以 Omicron 並不嚴重。因此，Omicron 只是輕微的流感，香港應該像外國一樣躺平，與病毒共存。

大部分人如果自己不是幹那個行業的，就不會愚蠢到和律師爭論法律觀點，不會和機師爭論飛機的駕駛技巧，也不會和建築師爭論怎樣建樓。因為他們知道無論自己有多聰明，都一定不可能擁有那些專業人士的獨有知識，掌握的資料也一定不會如他們那麼全

面。在知識層面上，雙方是不對等的，以至在同一件專業事項上的理解以及結論，可以有南轅北轍的結果。即使為了保障言論自由的緣故，大家都允許提出意見，但明顯地專業人士的意見比普通人的重要得多。

回到防疫工作上，直至現時為止，根本沒有本地醫學專家曾公開說過，應該與病毒共存。西方那些「民主」國家與病毒共存，只是在錯過了遏制病毒擴散的最佳時機後，無可奈何之下的唯一選擇。

確診之後讓病人回家等候入院，雖然是不太理想的做法，但與病毒共存是兩個截然不同的概念。回想 2019 年，武漢何嘗不是面對相同的險境，但它沒有甘於向病毒低頭，而是選擇了與病毒決一死戰。那時新冠疫情首度在世界範圍內爆發，武漢的醫護人員對新型病毒的認識與現時相比，完全不能相提並論，醫院也不是為了準備應對 COVID-19 而設置的，而且醫療物資和醫護人手均極度缺乏。但中國人民向世人展現了眾志成城的勇氣與決心，向各國政府展現了無可匹敵的執行力。全國各地的志願人員逆行走向最危險的武漢，十天建好具備防疫規格的火神山醫院，18 天建好同等規格的雷神山醫院，治療新冠的費用全由國家負擔。無論確診者年紀多大，一個也不遺棄。這些措施和所取得的成效，無不讓人動容和鼓舞。激戰之後，武漢取得了全球獨一無二的重大勝利。封城二月，病毒已經受到有效控制，使中國成為世界首個在疫情中重回正軌的國家，將感染數字大幅收窄，把死亡人數壓到最低，經濟民生回復正常狀態，並向世界樹立了一個抗疫的標竿。這是一個最好的榜

樣，讓身處水深火熱的人尋獲希望。有了前車之鑒，所有人都知道，只要能跟着做，就一定可以戰勝病毒。問題是，並非每個國家都有那個能力跟着做。

直至目前為止，Omicron 在全球範圍內的病死率約為 0.38%。以 Omicron 的高傳染性，如果像西方國家那樣躺平，香港最終如像英國那樣有約三分一人受感染，就將會約有一萬人死亡，那可遠高於普通流感死亡人數。是戰是降，早已有了確切的答案。

這次病毒到了一國兩制之下的香港，正好用來驗證《經濟學人》上的結論。我也想知道，究竟哪個制度更好。

2022 年 2 月 18 日

放棄幻想　準備戰鬥

凌晨時分，氣溫陰冷。忙完一整天，便開始寫起日記來。

看着窗外的細雨，想起昨夜在各間醫院之外的帳幕中露宿的病人，雖然心裏祈求他們都安好，但也想像得到大部分人必然如普契

尼歌劇《圖蘭朵》之中，那著名的詠歎調《公主徹夜未眠》一般，渡過了一個難熬的無眠之夜。

明早將帶孩子到私家醫生處注射新冠疫苗。已經預約了好一段時間，終於排到了。

自從幾天前相繼有兩名小朋友死於新冠疫症，就不斷有人查詢，小朋友應不應該打防疫針，最好打哪一種。香港人的這副習性，早已見怪不怪。悲劇未發生之前，大部分人都責備政府為何強迫小朋友注射。出了事之後，就好像完全忘記了幾日之前自己的偉論，一窩蜂地自願湧去做被強迫的事。

其實，只要肯聽一聽醫生的意見，看一看客觀的新聞報道，而不是只偏聽三姑六婆的市井傳聞，早就能夠獲得最肯定的答案。不少醫學文獻和外國報道都指出，Omicron 比其他新冠病毒變異株更影響小朋友，導致世界各地的小童住院率劇增，而且對五歲以下的小朋友構成更大風險。全球範圍內的不少地區，已在較早前開始為小童注射疫苗，也未見有嚴重不良反應，又何須特別擔心。

即使現在很多人已不再輕易相信專家之言，但公開站得出來向市民傳遞信息的專業人士，至少已儲備了足夠的資訊和勇氣，恐怕無論如何也比藏在暗角的網絡紅人可信性高一些。

剛寫完以上那一段，我的思緒就在電話的通知鈴聲突然響起後戛然而止。細看之下，原來同事發來短信，通知我友院的醫護人員出現羣體大爆發。該院正在休假的護士，被緊急召回醫院接替退下火線的同袍。

接到這個消息，心情頓時沉重下來，原本已經構思好的日記內容，在傾刻之間被吹得煙消雲散。除了擔心那些素未謀面的戰友外，心底裏也冒起一抹不知何時也可能受到感染的陰影。

數分鐘之後，手提電話的通訊軟件又傳來另一則消息。據報道，公立醫院今天有超過 140 名醫護人員初步確診，另外 20 名職員被列為密切接觸者。

醫院發生工作人員集體大爆發，是意料中的事。無論是初期的武漢，還是之後被新冠疫情逐一擊破的國家，醫護人員都無一例外大批大批地倒下，甚至有不少勇士在戰場上馬革裹屍。雖然心裏一直不希望它在香港發生，想不到只到了日記的第五天，希望就已經完全破滅。這也好，殘酷的事實倒能促使我及早放棄幻想，隨時準備戰鬥。

我早就知道醫院是病毒感染的溫牀。受感染和沒受感染的病人，如今擠滿了本地所有醫院的每一寸公共空間，不少人要等候一兩天才能被送上病房。醫院內毒霧瀰漫，空氣中的含菌量不用說也極高，而病人和醫護人員則上演困獸之鬥，還不時要進行高危的醫療程序，哪能不受感染？

雖說醫護人員仍有充足的保護衣物，但醫生使用的聽筒、撰寫病歷的筆子、輸入資料的電腦鍵盤、各種醫療儀器的按鈕，以至病牀和枱櫈，都是直接暴露在空氣之中，也不見得有人經常清洗。慶幸太座有少許潔癖，我好歹在家裏經歷過長期的訓練和監督，所以習慣了不時使用酒精清潔聽筒和筆子，也經常用梘液洗手，才自欺

欺人地認為自己擁有一分額外的安全感。至於這份主觀的感覺是否真的起到保護作用，我也沒有十分的把握。

　　兩年前，武漢的醫護人員在面對不知名病毒突襲時，整天包裹在白色保護衣中的畫面，我仍歷歷在目。透過護目鏡可以看到他們眼中的紅筋，摘下口罩時面上露出的是紫紫藍藍的皺紋，脫下手套後展現的是蒼白浮腫的雙手。他們前赴後繼，捨己為人。一些人倒下了，卻永遠無法再站起來。

　　兩年前，我隔着電視熒光屏曾經無數次流下過眼淚。現在，我不再流淚了。無論情況多麼艱苦，我仍充滿鬥志。我們的景況無論如何惡劣，也不會比兩年前疫情剛開始時的武漢差。

　　他們辦到了，我們怎可能辦不到。雖然我們只是抄作業，遺憾抄了兩年都抄得不太好。可幸真正做過那份答卷的人，正從四方八面趕來，讓我看到了曙光。

醫院裏的捉迷藏遊戲

　　過去幾天，求診病人到達醫院後，由第一個步驟的登記，到候診、見醫生、進行各類檢測化驗、接受初步處理，再到安排部分病情輕微的人出院，及至最後一步讓嚴重患者入院的整個流程，都因為病人太多、醫護人員極度不足，以及醫院病牀嚴重缺乏等各類問題，在每個環節上都遭到前所未有的阻塞。這是行醫多年以來從未見過的慘況。

　　和新冠病毒感染無關的求診者，已經算得上是幸運兒，但要完成整個求診過程，也可能要耗上四、五個小時。然而，那些經診斷後被認為需要住院的病人，單單是等候入院前的例行新冠病毒快速測試，往往就需要四、五小時，甚至更久。一旦檢測到是初步確診者，更要等候最終的化驗室報告核實。由於這類病人需要住進隔離病房，而隔離病房牀位難求，所以這些人要待在醫院擠出來的角落等，一等就得等上一、兩天。

　　那些沒有病徵或病情輕微的確診者，早已被勸喻回家作自我隔離，等候統一的分配調派，稍後轉送到亞洲博覽館社區治療設施或北大嶼山醫院香港感染控制中心，進行監察、治理和隔離。據同事所說，現在的等候時間已經長約七、八天。

　　為了解決確診病人入院受到嚴重阻滯的情況，各所醫院過去數

天已出盡法寶，透過暫時終止一些非緊急的服務，從諸如物理治療部或醫生休息室等地釋放出空間，改成臨時放置等候入院病人的區域。但這些努力都只能是杯水車薪，一、兩天內這些騰出的空間已經又塞滿了人。面對每天接近 7000 名初步確診者，病人從四面八方源源不絕地蜂擁而來，這些空間是遠遠不夠的。

等候入院的確診病人，如今散佈在候診區、診症室、走廊以及其他新騰出來的區域，又產生了令人頭痛的新問題。這些病人本來是因為病情頗為嚴重才需要住院的，但這些新增的區域都不是真正的病房，遍佈在醫院的不同角落，缺乏病房的人手和設施進行適當護理，而他們也並未被正式視為已經入院的病人，就連對他們的正常監察也存在灰色地帶。對於這些尚未正式住院的病人，院方只能提供最基本的藥物治療，病人的生命安全確實未能得到有效保障。醫生每天還要花時間為散落在不同地方的病人評估情況，重新決定入院的優先次序，不但耗廢了大量的精力和時間，也阻礙了正常的診症和搶救工作。

今天下午，我第一次幹這種工作。我走遍了醫院不同的樓層和房間，查看等候人士的病情有否惡化，還要決定誰應該先入院，誰可以再等一下。這是個吃力不討好的工作，所有的努力都好像沒有實質的回報，我更喜歡直接診治病人多一點。最令人沮喪的是，我根本無法清楚知道每個病人確實的所在地，也無法準確了解他們的實時狀況，而那條等候入院的人龍，卻隨時會增長縮短。

醫院裏的情況如今極度惡劣，正常病患的處理也已經受到影

響，而且到醫院求診是極為高危的行為，容易受到感染。今天我特別向朋友發出提示，建議大家盡量避免發生意外。如果因為傷足踝這種小事而要到醫院求診，卻不幸受到感染，最後被迫經歷一次漫長的等待，那絕對是一宗極為慘痛的遭遇。

2022 年 2 月 20 日

悲喜交集的一天

今天下了一整天的雨，早上氣溫只有 11~12 度。我雖然是個不太怕冷的人，但早上在面向大門的走廊正要穿上防護服的時候，一股混合了潮濕空氣的寒風撲面襲來，冷得我直發抖。

醫院後門的帳篷裏，已經沒有病人在等候。如果有的話，在室外呆了一晚的人不幸患上低溫症，也絕對是意料之中的事。

整個早上仍是像昨天一樣，在醫院的不同地方四處奔波，評估仍未入院病人的情況，然後制定了一個表，列出所有病人的位置和他們的去處。完成之後，就得要為這些滯留的病人處理瑣碎的問

題。可以出院的就讓他們出院，情況變差的就要為他們搶救，血液化驗結果有問題的就要作出相應處理。如此這般，午餐的時間已比平常遲了 15 分鐘。

下午只看了幾個新的病人，其中一位是來自安老院的老人。他所在的安老院有另外一些長者確診了，而他則有發燒、呼吸困難和血液含氧量下降的情況。不用做甚麼檢測，我也能預計到他已經染疫了。在這段期間，所有出現發燒和呼吸道病徵的人，大部分到最後都被證實染上 Omicron 新冠病毒變異株。

除了那個已失去溝通能力的病人之外，搶救室內只有我和另一名女護士。當我為他抽血的時候，在我耳邊一兩尺之外傳來的咳嗽聲，令我霎時間心生一種無法名狀的恐懼。這是疫情爆發二年多以來的第一次。雖然我整個人已經藏在由頭套、面罩、N95 口罩、手套和黃色防護衣所組成的防線之下，但這條防線究竟能不能夠真的起到保護作用，就似乎誰也說不準。

我向下午負責安排病人入院次序的醫生建議，把這名病人放在最優先的位置。十分幸運的是，他在我完成拯救工作之後的一小時內，就已經被送進了病房。

已經有兩天沒有回家了。過去的兩晚，我都在醫院的宿舍裏度過。下班之後，我迫不及待地趕回家看孩子。心裏有種很矛盾的感覺，小朋友是我的心肝寶貝，我渴望可以經常陪伴左右，一同經歷珍貴的快樂時光。但另一方面，我也擔心把潛藏着的病毒傳染給小淘氣們。

回到家裏，晚餐看電視的時候才知道，今天是 2022 年北京冬季奧運會的最後一天，鳥巢國家體育館舉行了充滿節日氣氛的閉幕禮。中國這一屆取得了歷來最好的成績，獲得 9 金 4 銀 2 銅共 15 面獎牌，在獎牌榜上名列第三，成績比美國更好。不過如果獎牌榜是以銀牌、銅牌或總獎牌數目計算的話，美國應該會排在中國之上。畢竟，這種有違常理的事並非從未發生過。

我十分喜愛滑雪，但已經約有兩年沒滑過，技術應該已生疏了不少。最後一次去的是北海道的 Keroro 雪場。懷念那裏的雪，懷念那裏的滑雪道，也懷念小樽市的美景。那年，我終於到訪了電影《情書》的拍攝場景。那是我多年前十分喜愛的一齣電影。

看冬季奧運比賽視頻，是這幾天唯一能讓我興奮的時刻。

兩小時後，電視又傳出令人震驚的消息，英女皇伊利沙伯二世確診新冠。想不到她們一家人真的響應了英國政府的號召，羣體免疫了。但我有點擔心，老佛爺可能會扛不住。（編按：英女皇伊利沙伯二世於 2022 年 9 月 8 日因年邁逝世，享耆壽 96 歲。）

門可羅雀的商場

今天放假，下午帶了老二到九龍塘某商場的琴行，為鋼琴比賽進行攝錄。這是兩、三個星期前預約好的，當時香港的第五波疫情仍未爆發得像現時那樣一塌糊塗。

琴行設在九龍塘最著名的一間大型商場之內。疫情爆發以來，除工作外，我已經大約有十多天沒有外出了。原本熙來攘往的商場，今天可謂門可羅雀，極為冷清，看了心中很不是味兒。那些裝修得美輪美奐的餐廳，只坐了寥寥的一、兩枱客人。這景象頓時讓我在腦海中浮起了武漢封城時的印象。我心裏有一種不良的預感，再這樣下去，這些餐廳和商店恐怕再捱不了多久就得結業。這只是香港百業蕭條的一個縮影。如果繼續讓疫情這樣不受控地發展下去，香港的經濟一定經不起這種折騰，必會在不久的將來墮入深淵。形成強烈對比的是，中國政府當年採取了果斷的隔離措施，只用了兩個月左右的時間，武漢就戰勝了病毒，重獲新生。遺憾的是，從香港這個自稱先進的國際化都市身上，我看不到這種可能性。

孩子進去之後，我提議太太到一間咖啡店坐一會。由於她擔心在公眾場所脫下口罩會受到感染，所以我們最終只叫了外賣，拿着兩杯咖啡坐在小汽車上消磨了一個小時。接回孩子後，我們也不敢久留，直接駕車回家了。

回到家裏，朋友傳來信息，說昨天一名 11 個月大的女嬰死於 Omicron 新冠病毒變異株。這是到現時為止，第五波疫情中最年幼的死者，也是第三名死亡的五歲以下小童。另外，今天的確診人數為 7553 例，首度突破 7000 大關，再度創下第五波疫情的最高紀錄。疫情完結仍遙遙無期。

2022 年 2 月 22 日

屋漏偏逢連夜雨

昨天和孩子回家後，發現浴室的地下去水管堵塞了，導致洗澡時污水倒灌。這恍如醫院裏發生的情形，想不到在家中也要面對相同的景況。

我們用盡了一切方法嘗試清除淤塞，但不單沒有半點幫助，反而把一些污水從渠口泵了上來，積聚在浴室的地板排不掉，使得情況比本來更為惡劣。

由於知道受污染的水渠是導致大廈垂直傳播的其中一個原因，

所以我和太太在進行工作之前已做足了事先的準備。我們拿走了浴室的所有衣服、毛巾和雜物，也帶上了口罩。維修工作失敗之後，我擔心排不走的污水會滋生細菌，可能對家裏所有成員造成潛在的健康風險，因此馬上撥打了家居維修公司的電話，相約今天派人上來處理。

在焦急地等待維修人員上門工作的時候，突然收到一個令人震驚的消息。由於醫院的內科和深切治療部病牀不敷應用，大量病人需要在醫院不同角落等候住院，當中混雜了若干情況極端嚴重的患者。相對於大量的這類病人，病房能提供的支援極為有限。不少老人看來等不到入院的那一刻了，需要馬上簽署「不作搶救同意書」。

根據新的工作指引，如果遇到病情極為嚴重的老人，而首個接觸病人的醫生認為搶救的成功機會頗為渺茫，就當在完成初步診治後立即聯絡病人親屬，簽署「不作搶救同意書」。

假若等候入院的病人在分散於醫院各處的等候區域死亡，醫生須前往該處完成核實死亡的醫學程序，並把屍體運到急診區域存放，待稍後移送公眾殮房。

一直以來，無論病人的情況如何危急，「不作搶救同意書」都是在病人住院後才簽署的，也從來不是病房以外的其他醫生正常職責範圍。這種同意書只會在病房裏，經主診醫生向病人親屬詳細解釋後才簽署。其他醫生只在病人入院前參與過初步的診治工作，很多時候對其檢測結果及最終診斷都不太清楚，所以並不適合承擔這種任務。

一個病人可不可以搶救成功，視乎有沒有足夠的醫療資源。如果沒有足夠的資源，例如深切治療部的支援，本來可以成功搶救的病人也不可能搶救成功。現在改由病房以外的醫生作出這種決定，將會使他們在面對模稜兩可的情況時，陷入兩難局面。

根據這麼多年的經驗，我可以估算得到，這種改變意味着甚麼，也會導致甚麼樣的結果。

然後，一名同事又再傳來消息。今天的例行疫情新聞發布會公布，昨天確診宗數為 8013 例，初步確診 9369 例。明顯地，疫情尚未有回落的跡象，仍然持續快速攀升。

他同時說，我們部門的另一名醫生確診了。記憶所及，這已經是第二名醫生被證實染病，還有其他幾名護士和支援人員也患病了。

我深知香港正陷於第二次世界大戰被日軍佔領三年零八個月以來，最黑暗的歲月。我不知道重光的日子，在何年何月。

但丁筆下的人間煉獄

「是阿，是有很多人死了，但已經管不了那麼多。你就把它看成是意大利吧。」

我說了一句「今天到處都放滿了屍體」之後，想不到一名經驗比我豐富得多的同事竟會氣沖沖地這樣回答，讓我嚇了一跳。但我很快就平復下來，並且諒解了他那種情緒化的反應。我完全理解他的心情，換作任何人看到今天的情況，內心也真的難以接受。

早上的情況還算不錯，8 時上班的時候，看的是清晨 3、4 時來登記的病人。但隨着時間的過去，情況就變得一發不可收拾。從 10 時開始，為數眾多的病人魚貫而入，把本來還有一些空間的候診區塞得水泄不通。每一個醫生診症的小房間都擺放了病人，走廊上的通道也邊貼邊地擠滿了病牀。醫生和護士連走到病人身邊也要繞道而行，更不用說要正常地為病人診治了。救護車似乎並不體諒我們的困境，仍舊眼花繚亂地閃爍着車頂的警號燈，響起刺耳的警笛聲，把一個又一個嚴重的病人送進來。

每一間醫院的搶救室都不多，往往只有區區兩、三間左右。由於搶救室是寶貴的資源，通常只有最嚴重的病人才會被送進去治理。礙於醫院已經被擠得水泄不通，所有診症的小房間均已被佔用，所以無處安放的病人唯有被推進搶救室處理。如此一來，下一

個真正危殆的病人到來後，反而更沒有地方進行搶救。為這些危殆的病人在搶救室以外的地方進行救治，成功的機會極微。即使危殆的病人有機會進入搶救室，為這些人搶救需要佔用大量的醫護人手和時間，被佔用的人手就不能為搶救室以外的其他病人治理，這樣就難免墮入了惡性循環的怪圈。

醫院現在每天都有很多病人，醫護人手嚴重短缺，診治空間極度缺乏。隨着疫情蔓延下去，染疫的人數會愈來愈高，嚴重的病人也會愈來愈多。搶救危殆病人需要更多的人手和時間，但處理一名危殆病人卻令到很多其他病人不能獲得適時的照顧，等候的時間就愈長，病人的情況也會愈來愈差，就需要更多的人手和時間進行處理。另外，在搶救室裏進行急救的醫護人員也有很大的壓力。他們內心也有憂慮，在那裏處理得太久，可能會阻礙了下一個危殆病人接受搶救的機會。

昨天我接獲通知，醫生在遇到救活機會渺茫的病人時，要立刻接觸病人的親屬，並說服他們接受「不作搶救」的決定，就立刻明白這意味着甚麼樣的後果。結果只過了一天，根據今天觀察所得，我對自己預測的準確性也感到極為驚訝。今天，不少老年人都要被動地接受命運的殘酷安排。

到了下午 3 時左右，據護士說，我們的臨時殮房已經堆滿了屍體，還有另外兩具被放置在小手術室之中。這是我在這裏工作了那麼多年以來，從未遇到過的慘況。而且，不單我們部門的臨時殮房已經爆滿，同區的政府公眾殮房也面對同樣的情況，仵工需要把屍

體運往另一區的公眾殯房存放。

今天親眼目睹的場面，對我來說是一個極大的震撼。我心裏有一種不祥的預感，我們在可以轉彎的地方錯過了最後的一個彎角，現在已踏上了不歸路，無法回頭。

下班的時候，一共約有 50 名病人仍在各個等候區等待入院，等得最久的那些人已等了四天。相比於兩天前，這條隊伍已經變得愈來愈長。

回到家裏，我仍念念不忘同事說的那句話。意大利是兩年前新冠疫情在歐洲首先爆發得最厲害的國家，病毒把那個在古羅馬帝國土地上建立起來的國度，變成了但丁筆下的人間煉獄。

然而，我腦海中浮起的影像並不是意大利，而是從紐約那些暫存屍體的食品冷藏車中流出的血水。

亂世

今天是個漫長的工作日，由早上一直工作到明天上午。

雨已經停了，天空露出了久違的陽光，氣溫也暖和了一點。平常這種氣溫最適合我，本該是一個寫意的日子，但籠罩在香港四周的新冠陰霾，卻把我身處的環境變成了一個四面楚歌的戰場。

醫院裏的病人愈來愈多，不單止來求診的病人多了，病情也愈來愈嚴重了，等候入院那條人龍也在不斷地延長，散落在不同的等候區域。

由於擠在室內的人實在太多，醫生可以看病人的地方就愈來愈少。等候入院的病人佔用了醫生的診症室後，醫生反而要排隊輪候那一兩個剩餘的診症室來看病人，這樣就導致了一個惡性循環。病人愈多，醫生反而要等得愈久才能看下一個病人，診治的效率也就大為降低。

洪水一般的病人，也令到醫護人員本身的工作空間愈縮愈小。原本醫生護士共用的工作站，現在擺滿了壁報板和手推車。壁報板上貼滿了散落在不同等候區病人的身份識別標籤，好讓大家更容易知道每個病人身處何方。每天早上這裏可以有多達二、三十個標籤，而且隨着早上人潮的出現愈來愈多。手推車上雜亂無章地放滿了等候住院病人的病歷表，要從這一大堆病歷表中找到確切的病

人，也不是一件容易的事。每天醫護人員都要花上不少的氣力，才能從這個小山丘中找到要找的文件。這些壁報板和手推車都是一些臨急就章的措施，雖然目的顯而易見，但凌亂和狹小的工作環境，卻極大地限制了醫護人員的活動空間，也消磨了大量的精力和時間。

疫情未爆發之前，護士就一直要面對由來已久的人手短缺難題，現在更是雪上加霜。平常本已忙得不亦樂乎，現在還要面對數量急增的求診者，以及那幾十名額外的等候入院病人，更是被弄得心力交瘁。不用說別的，就是每天要為那幾十名等候入院的病人派藥、派飯、更換尿片，就已經讓人有窒息的感覺。

幾天前，一名同時曾經對我說，不少護士在工作期間飲泣，也有部分人展露出焦慮的反應。很明顯，一些人承受不了額外的工作壓力，也可能擔心自己變成受感染者。

今天依舊十分繁忙，我把黃色的保護衣穿了又脫，脫了又穿，換過了不知多少次。在我看過的病人之中，有一位是病情極危殆的老人，同時出現幾種可即時致命的嚴重狀況，被送進搶救室的時候，已經處於休克狀態，收縮壓比正常的下限低了不少。只需瞥一眼病人當時的情況，所有醫生都可以立刻意會到，能夠成功搶救的機會微乎其微。我本來也想立即和他的家人提出不作搶救的建議，但在電光火石之間，我察覺到兩個可以治療得到的狀況，所以馬上改變了臨牀的決定，並全力和死神扳起了手腕。最後他被成功送進深切治療部，至少隔了六、七個小時之後，我在晚上查找電腦資料時，他仍生存在世上。

一念天堂，一念地獄。在這醫療資源極端匱乏的時刻，要由醫生扮演決定生死的判官，其實無論對醫生和病人都極不公平。但不幸的是，在每個被新冠病毒蹂躪過的城市，醫生都曾被迫當過這個角色。

在我們每個人都忙得不可開交的時候，一名年輕的女病人走到我們的工作站前，高聲嚷着說她已經等了兩三小時，並質問護士她還要再等多久。當護士告訴她由於病人太多，我們根本不能給出一個確實的答案後，她顯然對我們的答覆極為不滿，把本來已經提得很高的嗓門又再提高了兩三度說：「我也不想來，但我等得實在太久了，如果我有甚麼事由誰負責？你們信不信我把這件事發到社交平台去！」

聽到這句話之後，我知道現場所有的同事心裏都想着同一件事。這是典型的「港女」心態，整個世界都好像要圍繞着她轉，自己的命才是命，其他人的就不是。當時有好些人已經等了十多小時，仍未能取藥離開，而她在人羣當中顯然是精神狀態最好的一個，難為她有足夠的勇氣在眾目睽睽之下，說得出這般幼稚的話。把這些話傳到網絡世界，醫護人員能有甚麼損失，受人嘲笑和唾罵的只會是她自己。這些不用腦的手段在亂世之中，能拿得出手來要脅別人嗎？

在發覺被人完全無視之後，她只得悻悻然地步回候診的大堂。

根據每日例行疫情發布會的數字，今天增加了 8798 宗確診個案，呈報個案大增至 1 萬 7269 宗，另有 50 人死亡，再多一名九歲

小童病逝，並補充呈報 21 及 22 日多 17 人離世。

　　昨天我在醫院裏看到的景況，已準確無誤地反映在數字上。前一天疫情發布會公布的死亡數字只是 32，今天已變成了 50，明天⋯⋯

　　死神的鐮刀已經從頭上面劈了下來，即將大開殺戒。

2022 年 2 月 25 日

孤軍作戰

　　昨夜凌晨，我被護士急召到一個入院等候區看一名危急的病人。他在前一天的中午已經到達醫院求診，血液檢測報告早在下午已經齊備，顯示出急性心臟病的狀況。可能由於病人太多、工作太忙的緣故，以致這種隨時致命的狀況竟然被遺漏了，直到病人在抵達醫院接近 20 小時之後，才被機警的護士察覺。

　　晚上在醫院各個部門當值的醫生，人數一般都很少，僅有區區幾名而已。在正常情況下，幾名醫生或足以處理晚間求診的病人，

但在疫情嚴峻時期，這種人手配置根本不能應付所需，若碰上急性心臟病這類最嚴重的病症，更是所有醫生的夢魘。我在搶救室裏花了大約一個半小時為這名病人治理，在完成工作之後累得彷彿有虛脫的感覺。如果昨天下午的醫生可以及時找出病人心臟的問題，就不會把這種最嚴重的病症拖延十多小時，讓晚間孤軍作戰的醫生獨自處理。事實上也不能怪責昨天的醫生，在這個疫情蔓延的時節，大家皆已忙得魂不附體，根本無暇查看海量的檢測和化驗報告，也就無法獨力守護每一條生命。

早上下班不久，赫然從新聞報道中得悉，俄軍於我埋首工作的時候，便以迅雷不及掩耳之勢從四面八方閃擊了烏克蘭。

今天本港的各大社交平台，大量流傳着一幅嘲諷英國廣播電台（BBC）一個特輯的截圖。這個特輯在 2019 年香港動亂期間，訪問了一名本地少女。她在鏡頭前流着眼淚，說出了「我希望（香港）可以像烏克蘭一樣這樣好的結局」這一名句。這句話今天被很多記憶力特別好的人翻了出來，用以鞭撻那些對歷史和世事一無所知，卻又勇於大言不慚的人。

家務

　　今天整天忙於處理家中雜務，到了晚上十時多才歇息下來，完全不知道外面的世界發生了甚麼事情。屋子裏仍亂七八糟的放滿了雜物，看來明天上班前就得累個半死。

　　從住了近十年的大廈走進附近的村屋，一切的感覺卻十分新鮮，好像吸一口空氣，也有意想不到的清甜味道。希望一覺醒來，會是陽光明媚的一天。

巨變中的世界

　　一覺醒來，真的如我所願，天空一片晴朗，金黃色的陽光灑滿鄉村的每一寸土地。我和太太到商場購買了一些必需用品，然後就駕車回醫院去。

甫踏進診症室，儘管外面仍是晴空萬里，但我的心裏卻頃刻間烏雲密佈。只是休息了兩天，醫院裏的氣氛彷彿跌進了萬丈深淵。

　　今天的工作以上下午班同事的交接開始。上司簡單的開場白，已單刀直入地道出了今天的三個壞消息。首先，雖然整間醫院有70多名病人可以出院，但由於非緊急救護車的工作團隊有多人染疫，需要居家隔離而不能上班，導致大量出院病人未能被運送回家，只能滯留在病房。其次，由於政府徵用的抗疫的士，只負責把病人從家裏送到指定的新冠病毒診所，工作範圍並不包括把病人從醫院送回家，因此不能為非緊急救護車服務所受的影響提供支援。這兩種情況未能疏導等待出院的病人，因而令到滯留在急診部門的病人不能順利進院。最後的一個壞消息是，到下午為止，由於死亡的病人太多，已經有十多具屍體堵塞了急診部門的臨時殮房和小手術室，一些屍體需要一個疊一個地擺放。這並不只是我們獨有的情況，據說全港醫院都面對相同的問題，以致緊急醫療服務受到很大的影響，就連一些簡單的小手術也不能進行。

　　開完這個交接的例行會議，心情不久就變得極為沉重。幾天前我才看到過六、七具遺體，被存放在急診部門的不同位置，想不到今天一上班，就變成了十多具。後來新聞報道指出，昨天新冠病毒的死亡宗數已上升到83人。從每天30多人升到83人，只用了短短的三、四天時間，能不讓人擔心嗎？

　　今天又再負責為滯留在不同區域的病人，編排入院先後次序的工作。這是一件看不到成果的苦差。我寧願去搶救最嚴重的病人，

雖然那會更累一點，但救回一條性命的喜悅，比白忙一整個下午不知快樂多少。

剛開始的時候，有 50 多名入院病人滯留在急診區的不同地方。這 50 多人有着不同的情況，也有着不同的嚴重程度，醫生實在難以比較，這個人比那個人更應該早些住院。我怎能說一個 82 歲已失去活動能力的人，發燒了兩天，比另一個 91 歲失去語言功能的人，他雖然沒有發燒，但已嘔吐了兩天，更應該早些住院呢？若果真有一些人應當早些住院的話，就必定是那些病情嚴重到隨時會失去生命的人。這種情況，其實護士也能看得出來，由她們提出反而更簡單直接，其他的全由求診時間作決定就可以了。

來來回回、反反覆覆往返幾個入院等候區域，把那些病人重複看過幾次之後，八小時的工作時間就在我手上溜走了。到了晚上下班的時候，在急症室等候入院的人反而更多了，上升至 60 多名。這種感覺，一點都不好受，彷彿一事無成。

整天最開心的時刻，是晚飯時致電回家，詢問孩子們喜不喜歡新的家。為了避免妨礙搬家，也省卻與搬運工人的接觸，小魔怪們前兩天被送到親戚家中暫住，今天下午才被接回家裏。讓我喜出望外的是，小淘氣們竟然覺得新居很好，在電話裏雀躍地向我訴說如何喜歡新的環境。其實新的家比舊居小了不少，連我自己也覺得十分局促，擔心小朋友會不習慣。想不到孩子們具備能屈能伸的本能，完全沒有嬌生慣養的皇室病。這種能力在巨變中的世界，絕對是一種難得的求生本領。

不作搶救

　　昨晚在醫院宿舍度宿了一宵。早上回到診症室，眼前仍是前夜那片凌亂狼藉的景象。早上已經累積了 68 人在等候入院，比昨晚離開時還要多。為了用盡候診和診症區域的每一寸空間，病牀斜斜的排在一起，從走廊的一端一直排到另一邊的盡頭。醫院已陸續騰空了病房接收病人，但擠在地面那一層等候入院的病人，仍是愈來愈多。

　　嚴重的病人一個又一個地由救護車送進來，大部分都是上了年紀的老人。他們不少人都有呼吸困難、高燒、血液含氧量下降或休克的狀況。礙於用作診症的空間長時間被病人佔用，搶救室是少數依舊可以用於急救的位置。正常來說，搶救一名病人需時頗長，但現在是非常時期，無法讓醫生花大量時間於一名病人身上，從而阻礙了下一名危殆患者使用搶救室。因為這個原因，很多年老體弱而成功搶救機會也不大的病人，很快就被主診醫生採用了「不作搶救」的救治方案。

　　「不作搶救」方案並不是指醫生放棄所有救治的措施，直接讓病人死去，而是用一般的方法治療。若果病人情況持續惡化下去，一旦心臟停止了跳動，就不再進行其他必要的急救措施。

　　採用了這種方式之後，病人可以更快地被移離搶救室，讓位給

下一名患者。這些被移離搶救室的危殆病人，就和其他等候入院的人一樣，縱橫交錯的散落在每一個角落，人手十分短缺的護士也不可能維持頻密的監察。這種決定，只能說是醫療系統崩潰之後，在資源嚴重匱乏之下無可奈何的選擇。這種情況，一兩年前在歐美國家也曾出現過。

我看着手上那份等候入院的病人名單，輕易察覺到不少人被寫上了「不作搶救」的記號。我深信當中的一部分人，永遠也無法等到入院的那一刻了。

自小以來我都不是一個消極的人，一直發奮上進，從不聽任命運的安排。「等死」這兩個字從沒在我的字典中出現過，但到了今天，我的腦海中數次不由自主地飄過這兩個字的輪廓。

香港人過慣了安樂的日子，我真不敢想像，假若普通市民有機會看到醫院中的真實狀況，見識到人命只如螻蟻般無足輕重，甚至連作為一個人最基本的尊嚴也無法保存，他們會震驚到何種地步。

根據報道顯示，昨天共有 3 萬 4462 宗確診，死亡人數達 87 人，雙雙創了新高。另外，累計死亡人數為 636 人。

昨天的因　今日的果

　　早上醒來，習慣性地打開手機，看了一下醫生羣組的信息，頓時被其中一條口信繃緊了全身的神經。睡意在我睜開眼睛後的十餘秒內，就已煙消雲散。

　　正在上班的醫生說，部門裏的所有診症位置都已經塞滿了病人，使醫院的急診服務一度不能運作。這是我當了多年前線醫生以來，首次遇到這麼糟糕的事件。我隨即意識到，下午將會面對另一場苦戰。

　　稍後在前往醫院的途中，一名親屬發來短信，說她的一位中學同學在羣組裏說，她家附近死了不少人，覺得現時的情況很悲慘。

　　親屬回應說，她雖然覺得很淒涼，但同時也覺得很憤怒。回想去年的這段時間，政府積極勸喻市民注射疫苗，結果本地傳媒不停報道個別人士接種疫苗後死亡，暗示他們的死因與疫苗有關。即使政府和不少醫學專家曾嘗試解釋，兩者之間並沒有因果關係，但仍有一部分市民並不相信專家的意見，以致很多人遲遲仍未接種。如今第五波疫情已變成埋身肉搏，有詳細數據證實的確診人士已高於20 萬，死亡人數也上升到 800 多人，當中大部分死者均未注射疫苗。那可以怪誰呢？現在除了那些死於新冠病毒的人外，還有不少患有其他重病，卻因醫療資源短缺失救而亡的非染疫人士。這些數

字仍未被政府披露出來，至今依然是個謎團。

我看了她的信息之後，感觸很深，完全同意她的話。於是，我把一段之前與朋友之間的對話傳給她，希望她可以代為發到她的羣組。那段話的內容是這樣的：

- 早跟你說 Omicron 病毒變異株並不是簡單的流感，你不相信。

- 早叫你注射疫苗，你不相信。

- 早叫你保持社交距離，你不相信。

- 現在醫院裏的屍體堆積如山，男女老幼都有，那還有甚麼可說的呢？

- 有沒有為過往所做的事情感到一點點羞愧？

- 以前是甚麼緣故，讓你覺得自己比醫學專家更聰明，眼光更獨到呢？

一個人傳播歪理可以反映自己的心智有多好。行為是內心的一面鏡子，一個人的內心好，行為也會好。

那些高談闊論疫苗導致死亡的人，簡直就是笨蛋。如果一件事發生在另一件事之後，就說前者是後者的原因，那是愚不可及的結論。如果真是那樣的話，每一名死者生前都吃過最後一頓飯、喝過最後一杯水、吸過最後一口氣、打過最後一通電話、睡過最後一次覺，那麼他們的死因是否與最後一次吃的飯、喝的水、吸的那口氣、打的那通電話和睡的那次覺有直接關係呢？答案自然是否定的。說疫苗導致死亡的人，和認同以上那番廢話的人，是同等的愚蠢。

一件事發生在另一件之前，並不能就此建立起因果關係。由此推論，雖然一些人接種疫苗之後死了，卻不能因此而直接歸咎於疫苗的副作用。要確定死因，須要作出獨立的研究。

但問題來了，認同以上那番廢話不會導致笨蛋有甚麼損失，但因為認同疫苗導致死亡這種謬論而尚未接種疫苗的人，現時卻要承受高風險的結果，而且還間接影響了其他人的生存機會。若把由疫苗引起的死亡與因沒接種疫苗而受感染死亡的數字作一比較，那根本就不成比例。畢竟，人只能活一次。做錯了決定，可能連後悔的機會也沒有。

回到醫院的診症室，一點也沒有感到驚訝。眼前是一樣的忙亂、一樣的壓抑、一樣的前路茫茫、一樣的未能看到希望。

下午搶救一名高燒至 40 度多的病人時，留給我一個極為深刻的印象，不能不在今天日記的末段把它記錄下來，作為歷史的見證。

那是一名被評定為第二級嚴重的病人。在香港的醫院尚未經歷這次歷史巨變，仍未淪落為炮火之中的戰地醫院之前，這類病人是搶救的第二優先類別。正常來說，這名病人需要在抵達醫院急診部門的 15 分鐘之內，於搶救室中接受由一兩名醫生和最少兩名護士組成的醫療團隊的救治。但今天下午，我獨個兒被困在搶救室裏，一個人獨自為病人抽完血和打好點滴，仍未見到護士的蹤影。在不足 20 平方米的搶救室裏，陪伴在我和病人左右的，是兩具早已失去了氣息的僵硬軀體。由於部門裏的屍體已經堆積如山，一些在搶救室裏剛去世的遺體仍未能被及時送走，唯有暫時被寄存在那個他

們剛停止呼吸的空間。活着的病人和毫無遮擋的死者共處一室，在我多年的行醫生涯中從沒遭遇過。希望病人康復後不會介意，也不會留下任何心理陰影。

　　經過我的竭力不懈，病人沒有變成第三名被遺留下來的人。這名病人比其他很多的人幸運，快速檢測結果顯示並非確診者，所以很快就被送進了醫院病房，但她會否因為在搶救期間被附近確診的死者感染，我實在沒法說得清楚。正如昨天寫過的那樣，在搶救室外面等候入院的一些人，恐怕永遠也無法等到入院的那一刻。

2022 年 3 月 2 日

晴天霹靂

　　根據今天疫情發布會的數據，昨天的確診人數從前天的三萬多宗，突然大幅飆升至 5 萬 5326 宗，死亡人數又再次單日破百。疫情仍在上升階段，遠未達至頂峰。

　　下午快要下班的時候，電話傳來太太的信息，告訴我爸爸染病

了。這對我來說宛如一個晴天的霹靂，心情頓時沉重下來。爸爸年紀不小了，而且有不少長期病，我深知他的危險性比其他人高，所以心裏真有點擔心。幸好他已經接種了兩劑疫苗，希望可以起到一定的防護作用。

放工之後，特意到醫院的醫療物品售賣店買了血氧儀，給爸爸在家中監察血液含氧量。然後歸心似箭，駕車直奔父母的家。

我意識到自己從醫院回來，身上所穿的衣服極有可能受到污染，大有機會把病毒帶進家中，所以也不敢久留。我只是隔着大門和家人說了幾句，放下一些防疫的物品就離開了。不是不想多留一陣子，只是擔心會把身上的病毒傳給他們，也擔心衣服沾上屋子裏的病毒，稍後帶回家中傳給孩子。

疫情猖獗期間，人與人之間多了一重無形的隔膜，即使家人也不例外。

其後，媽媽和傭人用我剛帶回家的快速測試盒做了檢測，傭人的結果也呈陽性反應。他們一家三口，現在只有媽媽未曾染病，不過我對未來也不敢樂觀。根據這些天來我的觀察所得，通常一個家庭裏有其中一名成員染病，其他人都會陸續受到感染。

我所能做的，唯有默默向上天禱告，求祂手下留情。

瀕臨爆發的活火山

「我要馬上走！為甚麼你們不讓我走？」

從早上剛踏進醫院的那一刻起，每隔五、六分鐘就聽到躺在一間診症室病牀上的女病人，漫無目的地高聲吆喝着同一句話。雖然她的聲線大得讓整個診症區裏的人都能聽見，但願意理睬她的人卻寥寥無幾。

她一直這麼吆喝着，害得我愈來愈心煩意亂，難以專心工作，於是便拉着一名相識了 20 多年的護士，詢問到底發生了何事。

「她是個精神有問題的人，從昨晚起就一直這樣對着空氣自言自語。我們覺得很煩厭，但跟她說了很多次，她仍沒有停下來。我們再也沒有時間和精力勸她了。」護士回答說。

除了那極具規律性的吆喝聲之外，診症區也充斥着各種的呼喝、咒罵和歎息，嘈雜得像個菜市場。這裏有等了十多個小時仍未被安排入院的病人和家屬發出的怒火；有醫護人員隔着數張病牀高聲傳遞的指令；有醫生對工作流程處處受阻的喃喃自語；有找不到病歷表的護士發出的抱怨；有清潔工人對永遠收拾不完的醫療廢物的謾罵；也有等得太久而回家睡了一覺，但重返急症室後發現登記已被取消的病人的粗言穢語……

被困在整個城市最具危險性的密室之中，每個人的心情都無法

平靜踏實，空氣中瀰漫着混合了焦慮、急躁、抑壓和憤怒的味道。醫院像一個積滿了負面能量，瀕臨爆發的活火山。只要一根細小的導火線，就會引爆這個充滿爆炸性氣體的火藥庫。

到了下午，一名同樣相識了 20 多年，一直關係良好的護士突然急步走到我身邊，氣沖沖地質問我：「現在這個病人可以住院了，我沒有時間派你開給他的藥，可不可以取消了它？」

我瞥了一眼病人的病歷表。那名患有慢性阻塞性肺病的病人，早上因呼吸困難前來求診，當時血液含氧量極低，所以我處方了氣管舒張劑。讓我感到十分驚訝的是，六小時過去了，但他仍未接受過任何藥物治療。

我用手指着開出處方的時間，委屈地說：「他來的時候嚴重缺氧，我是在六小時之前開藥給他的，但卻等到入院還未派藥，好像有點兒說不過去吧。」

護士隨着我手指的方向望過去，不久便收斂了她的怒氣，待我簽署取消藥方後，就一言不發地離去了。

第五波疫情爆發以來，我的部門已有十多名護士，由於受到感染或被列為密切接觸者而被迫休假，另外三名醫生也確診了。仍在繼續戰鬥的人所承受的工作壓力，完全可以理解。在這個大家都被壓得透不過氣的困難時期，我可不想引爆這座活火山。

下午快要下班的時候，偶然路過一個關上了門的小房間，從裏面傳出一把熟悉的聲音。瞬間我便意會得到，終於有人容忍不了早上的那名女病人，讓她待在了裏面。

過了幾個小時，她仍然以同樣的語氣高聲吆喝：「我要馬上走！為甚麼你們不讓我走？」

2022 年 3 月 4 日

苦中作樂

今天公布的新冠病毒確診數字，已連續三天超過五萬宗，三天的總和高達 15、16 萬，累計 39 萬宗，大幅超越了內地兩年的整體數目。

雖然表面上數字沒有再往上升，但我心裏知道，這只是確診數字呈報上出現滯後和漏報的現象，並不能反映真實的狀況，香港的疫情還遠沒到達頂峰。雖然沒有確實的把握，但我估計本地最終的確診人數會高達二、三百萬人，死亡人數會介乎七千至一萬之間。

眾所周知，美國是全球新冠疫情最嚴重的國家。根據 2021 年的數據，美國人口為 3 億 3253 萬人，香港人口則是 739 萬 4700 人。依照世衞 2022 年 1 月 10 日的數據資料，美國單日最高感染人

數為 132 萬 8614 人。按比例計算，香港每天高於五萬的確診數字，已超過美國單日的最高感染比率。我們以往一直覺得美國的疫情令人膽戰心驚，但到了今天，若論疫情的驚慄程度，香港比美國更是過之而無不及。香港沒有像美國那樣在防疫上躺平，尚且如此，若果真的早就躺平了，不知還要再差上多少倍。

在這個疫情的上升階段，身邊不少朋友都受到了感染。繼爸爸之後，媽媽昨天也確診了。幸好爸爸媽媽都已接種了兩劑科興疫苗，病徵尚算輕微，整體的情況比較穩定。希望再多扛兩、三天，假若情況沒有變化，結果也是樂觀的。

可是，其他的人就不全是那樣幸運了。今天醫院忙得不亦樂乎，來了很多病情極為嚴重的老年人，大部分是安老院的長者。有那麼的一段時間，候診和診症區內所有的病牀和輪椅都用盡了，很多病人連躺着或坐着的機會也沒有。不能站着的，唯有一直逗留在救護員的抬牀上，直到有病牀或輪椅空出來為止，但這樣就阻礙了救護員後續的工作。

除了一些人在被送抵醫院前就已失去了生命的跡象，還有很多情況危急的病人，在抵達後的十幾分鐘之內，就被主診醫生迅速地決定了「不作搶救」的命運。在這個如同戰亂一般動盪的時代，生命根本得不到應有的保障。今天，至少有兩、三條性命在我手中溜走了。

這幾天由於疫情前所未有的嚴峻，香港出現了一窩蜂的搶購潮，超級市場貨架上的食物和生活用品，都被盲目地搶購一空。求

診困難的局面，也令市民瘋狂地湧往藥房搜購退燒藥。在電話中看到朋友不斷傳來這些信息，一度令到並不隨波逐流的我，也不禁擔心起家中是否有足夠的物資渡過難關。

今天，年輕的醫生看了一名服食了一整盒退燒藥自殺的病人。我在附近聽到了他們之間的談話，於是一半出於教育病人的緣故，另一半為了苦中作樂的目的，便不請自來地走到病人身邊，以訓示的語氣對她說了以下的一番話：

「妳知不知道現在全城的人都在搶購這種退燒藥，它可是戰略物資呀！妳一次吃了一整盒的藥，那叫其他人發燒吃甚麼？以後不要再這樣了，好嗎？吃這麼多退燒藥可能是會致命的，也會令其他人無藥可救！」

一個半天的工作

今天連續工作了 12 小時，到晚上 11 時才下班，我用了恰好一個半天的時間，在醫院裏東奔西走，實在是累得筋疲力竭。下班後拖着痠軟的雙腿走到醫生宿舍，洗過澡後便躺到牀上，寫起日記來。我希望有一天能把這些日記集結成書，把香港一個最淒慘和悲壯時期的歷史，以自己的文字記錄下來，讓後世引以為鑒。

早上頭三個小時的工作，是額外的加班時間。我工作的部門已經有不少同事受到感染，另外也有一些人因為各種原因而請了病假，可以投入工作的人手捉襟見肘。因此，當局以支付特別薪酬的方式，吸引在職同事在工餘時間加班，以紓緩人手短缺的困局。

剛剛穿上黃色的防護衣，救護車就送來了一名危殆的病人。我自動請纓到搶救室處理這宗個案。原則上加班的醫生不需要看最危殆的病症，一般只看普通的病人，讓當值的同事專注於搶救的任務。治理危急病人比較忙碌和勞累，也需要花更多的精力和時間，但在這個特殊的時刻，又怎能斤斤計較呢。

約 45 分鐘之後，我看完了那名病人。遺憾的是，我必須承認自己無法讓她逃出生天。醫生是人而不是神，並沒有扭轉乾坤的法術。在巍峨的蒼穹之下，我清楚認識自己的渺小，也了解人類能力的局限，所以從行醫的第一天起，就領悟到要對宇宙的主宰有所

敬畏。

三個小時後開始正常的工作，我再次被委任為下午的流程主管，負責編排確診病人入院先後次序的工作。這是一份只有付出，但完全沒有成功感的差事。那些等候入院的病人散落在醫院的不同部分，要搞清楚他們的情況，絕對不是一件易事。當我千辛萬苦搞清楚所有病人的求診原因、需要何種濃度的氧氣、肺部 X 光片的狀況、有否自理能力、是否已作出「不作搶救」的決定等等的資料後，這批病人被病房接收，就會換來全新的另一批病人，我又得重頭把相同的工作再做一次。但這些人的病歷表，不是被護士拿了去派藥，就是被負責抽血的工作人員拿了去，有時甚至被遺失在某個角落，所以要找齊病人的資料又得花上很長的一段時間。

過往的幾天，由於非確診人士入院的數字已大減，醫院得以騰出更多的病房接收確診病人。儘管每天入院的人數提升了，但求診的人數也相應增加，以致滯留在各等候區域的病人數目並沒有明顯減少。診症室依然是同樣的擁擠。今天，仍然有約五六十人在等候入院。

當我走進其中一個臨時安置等候入院病人的房間，逐一翻閱病人的病歷表時，隨着出現在眼前的景象不斷重複，我慢慢發現了一個驚心動魄的事實。那個房間裏約有五分之四的病歷表，在當眼處被註明了「不作搶救」的字眼。

我心裏明白，這代表房間裏的很多人，已經不太可能活到出院的那一天了。

決堤的洪水

今天從早上 8 時一直工作到晚上 8 時，又再是另一場 12 小時漫長的戰役。連續兩天花上一半的時間在崗位之上，到了下班的時候，我已無可奈何地成為了強弩之末。

今天早上，醫院開了一個新的病房接收確診病人。這個病房共有 40 張病牀，主要用作治療那些不需要太高氧氣濃度的患者。從它開始運作的那一刻起，我們就馬不停蹄地把合適的病人送進去。早上到下午 3 時左右的一段時間內，由於送走了大量滯留的病人，各等候區短暫地回復了難得的清靜。可是到了 5 時至 6 時，當決堤的洪水注滿了滯洪區，大水倒灌的現象又在診症室重現，病牀又再次在走廊上堵塞起來。

面對着滔滔的洪水，那個新開的病房雖然展示了唐吉軻德般的勇氣，換來的卻是螳臂擋車的結果。

明天，我們又得再靠自己了。

天地不仁　以萬物為芻狗

早上回到診症室，不其然環視了室內的情況一眼，頓時喜出望外。過去兩三個星期擺放在走廊通道的病牀，竟然一張也沒有。我昨天的預測意外地落了個空。

胸中的喜悅仍未趕得及湧上心頭，就被一個沉重的消息重新壓了下去。一名資深護士對我說，兒科醫生正忙於搶救一名幾歲的小童。該名小童早前在家中確診，今天被家人發現已失去了生命跡象。

雖然對病童的病歷背景一無所知，但憑藉多年的行醫經驗，我在心裏能預料得到，以這種表現方式送到醫院的心肺功能停頓病人，成功搶救的機會微乎其微。

醫生看慣生死，對成年人的死亡早已見怪不怪。畢竟生老病死，是人生必須走過的階段。然而，小朋友是幾個家庭希望的寄託和依歸，所以醫生一定盡力搶救，也唯獨對小童的離世耿耿於懷。每次遇上這種令人傷感的處境，心底裏仍難免產生情緒的波動。

如果一名小童的去世，仍未足以摧毀今天心情的話，護士所說的下一番話，就肯定把我的思緒絕情地踩到了谷底。她說，昨晚也為另一名幼童進行了心外壓，但最終不能成功。

聽到這個消息後，我在傾刻間震驚得目瞪口呆，半晌不能言語。當了數十年醫生，我從未聽說過一天之內要為兩名小童進行心

外壓急救，更從未遇過兩名小童在同一天內死亡的悲劇，這可說是寫下了這所醫院最不幸的歷史。

過不了多久，在開始真正的工作之後，我就無暇再傷春悲秋、自傷自憐了。嚴重的病人一個接着一個被推進來，其中有不少人在送到之前，就像那名小朋友一樣已經喪失了心跳。在這個醫療人手和資源都極度匱乏的巨大漩渦之中，就連搶救室也不夠用，這些人最後的歸宿只有那唯一的一個。正如電視新聞報道的畫面一樣，他們只能冷冰冰地待在塑膠袋中，三五成羣地躺在醫院中不同的角落，等候穿上全套保護服的工作人員，護送他們作最後一次旅程。

今天我的臨牀工作時間僅為幾小時，比平常略短。在這幾小時裏，我只看了七、八名病人。若論工作效率，這無論怎樣說也稱不上高。但究其原因，我卻可以提供合理的解釋。

我在前四個小時內看的，基本上全是最嚴重的病症。首先看的是一名在不久前確診的百歲老人。她兩邊的肺部都有嚴重的肺炎，血氧含量極低。她已經被歲月摧殘得骨瘦嶙峋，要找到一條明顯的血管都十分困難。我花了很長的一段時間才能成功抽了血，再花了約兩倍的時間才成功插入靜脈管道。平常在搶救室裏治療這類病人，很可能需要兩名醫生和兩名護士分工合作，但在如此時勢，這完全是一種奢望。拍過 X 光，開始了靜脈輸液，並注射了抗生素，已經耗了差不多一小時。即使花了大量的心力和時間，我在心裏仍估算得到，她應該沒有希望活着離開醫院了。我把自己的臨牀評估，毫無保留地告訴了病人的兒子，讓他作好心理準備。

接着，我連續看了兩名在送進來之前，已經失去了生命跡象的老人。由於救護員和車輛現時十分短缺，所以花了很長的時間才能把病人送抵醫院，而兩人都已明顯錯過了被救活的時機。護士進行了例行的快速病毒測試，證實都是確診者。確診的死者在送到公眾殮房之前，工作人員需要對遺體進行特別處理，因此必須留在各個臨時等候區域一段頗長的時間。這也解釋了電視新聞報道裏，醫院內屍體堆積如山的原因。

　　隨後，我又看了一名從安老院來的病人。他的血壓和血氧都比正常低很多，而且皮膚也很差，使我在抽血和打點滴時又再次遇到相同的困難。

　　這樣下來，我在前三四個小時只看了四名病人，全部都受到感染，而且那兩個仍然苦苦掙扎的人，最後恐怕亦難逃一劫。

　　第五波疫情發展至今，雖然只有短短的一個月左右，但香港的最高單日確診數字，在人口比例上已經超越了美國，而且醫院裏也確實出現了屍山血海的恐怖景象。即便如此，本地不少媒體下的留言區，仍有很多人在散播謠言。在不能否認的事實面前，仍有一些人說 Omicron 新冠病毒變異株只是輕微的疾病，只要吃退燒藥就能痊癒，另一些人則歸咎政府宣傳不夠，才令市民之前沒有下定決心接種疫苗。還有一些更說弄成現在這種情況，是香港政府跟隨中國內地防疫策略的後果。我心中暗忖，如果港府下定決心跟隨內地的防疫策略，很大概率已挽救了不少性命。

　　天地不仁，以萬物為芻狗，上蒼對地上的每一個人都是公平的。就讓時間作見證吧。

第二章

不光彩的
特殊歷史意義

疫情的展望

　　過去幾天政府公布的單日確診數字，已回落到三萬多人，不像早些時候每天動輒五萬人那麼高。但這個數字看來是極不準確的，第五波的疫情是否已見頂，我還是有所保留，在此階段仍不能妄下定論，還要多看幾天的數據，才能作出較準確的結論。

　　確診數字不準確之處在於，以往要證實一名病人感染新冠病毒，需要將其「鼻腔拭子」（Nasopharyngeal swab，簡稱 NPS）、「深喉唾液」（Deep throat saliva，簡稱 DTS）或「鼻腔和咽喉合併拭子」（Combined nasal and throat swabs，簡稱 CNTS）樣本送往政府認可的化驗室，透過「聚合酶連鎖反應」（Polymerase chain reaction，簡稱 PCR）技術進行測試，結果方能作實。但在約一個星期前，由於疫情失控，醫院和化驗室均承受很大的壓力，政府遂決定更改確診的標準，承認市面出售的快速抗原測試（Rapid antigen test，簡稱 RAT）得出的陽性結果，也能作為確診的證據。市民在家中自行進行快速抗原測試後，若獲得陽性結果，不需再到醫院或診所作更進一步的 PCR 測試，只要登入政府推出的網上平台作出呈報，就會被列為確診人士，並獲得後續的支援。

　　這種確診標準的更改，使確診人數的準確性出現無法避免的偏差。首先，RAT 的準確性沒有 PCR 那麼高。病人體內的新冠病毒

量要高於某一程度，才能在 RAT 呈現出陽性反應。換句話說，如果病人感染了病毒，但身體內的病毒量不夠高，就不能被 RAT 檢測出來。如果不進行多次測試，那名病人就有機會被排除在確診人數之外。

其次，過去數天有不少老人家曾對我說過，即使他們的 RAT 測試呈現陽性反應，也不懂得如何在網上作出呈報。再者，這種呈報方式完全是自願性質，並沒有法律的約束力，所以有多少確診者瞞報，政府無從得知。最惡劣的一種情況是，一些人可能在有意或無意之間，作出錯誤的呈報。所有這些因素疊加在一起，必然會嚴重擾亂確診人數的準確性。

前幾天，政府最新設立的網上平台一直未能開通，到了昨天才正式開始運作。據聞，正式運作的首天已獲 20 多萬人次登入。最終的呈報數字有多準確無從稽考，但把全港的確診數字繼續推高，就已經成了板上釘釘的事實。

根據今天公布的數據，第五波疫情爆發至今，累計已有 52 萬 5248 人確診，死亡人數上升至 2365 人，而單日死亡人數為 160 人，再創新高。

對我來說，香港已經錯過了有效控制疫情的時機。無論我們現在再做甚麼，都不太可能改變最後的結果。現在唯有等待毒病把要感染的人都感染了，把要淘汰的人都淘汰掉，然後攀過頂峰自然回落，第五波疫情將會自動完結。這個週期可能要再持續兩個月左右，受感染的人數會多達數百萬，死亡人數大致介乎於七千至一萬

人之間，那可是 2003 年沙士疫情 299 名死者的數十倍之多。

第五波疫情爆發之前，網上盛傳 Omicron 病毒變異株只是輕微的流感，不用大驚小怪，另外也有不少人聲言疫苗無用，因而拒絕接種。即使疫情遠未結束，這些無稽的說法在目前既客觀又殘酷的數字面前，無疑已不攻自破。

英國牛津大學研究團隊 3 月 7 日發布最新的研究報告，感染新冠病毒的人士，腦部內與嗅覺及心智相關的區域，可能會出現萎縮和受損的情況。即使病情輕微及無症狀的患者，也明顯出現這種情況。這項新發現意味着，對新冠病毒未給予足夠重視的人，可能要承受永久性的後果。

料敵從寬，自古是每個智者的理性之選。令人難以理解的是，何以到了教育水平極高的香港，料敵從嚴竟然變成了主流思想。是輕率還是另有目的，留待智者日後評價。

黑暗隧道仍未看到盡頭的光明

做完一天的工作後，本來可以一覺睡到明天，但獲臨時安排加班，以應付如水的人潮。6 時左右在家吃過晚飯，便告別了太太和孩子，獨自駕車直奔醫院，額外工作數小時。

回到診症室後，馬上被那一堆候診的病歷卡嚇了一跳。忙亂是意料中事，堵塞在走廊通道上的病牀也習以為常，但今晚除了等候看病的人很多之外，嚴重病症的病歷表也堆得像個小山崗。

開始工作後連續看了三名病人，都是被救護車跨區送過來的。從那個遙遠的地區過來，最少需要 30 分鐘的車程。過去數天，當局籌劃把三間醫院改為收治新冠病人的定點醫院。今天，九龍區規模最大的伊利沙伯醫院正式轉型，提供 500 張病牀專門治理新冠病人，亦同時停止為非染疫的病人提供緊急醫療服務。本該送往該院的病人，全被消防處的救護車分流到其他醫院。除了從伊利沙伯醫院分流過來的病人外，我們也接收了部分本該到廣華醫院求診的病人。廣華醫院也是三所治療新冠病人的定點醫院之一。

這三名病人都是自行以快速測試證實染疫的老年人，狀況其實都十分穩定。經過簡單的問診，我認為他們全都不需要住院。現在醫院的隔離病牀十分緊張，病徵輕微、情況穩定的病人在這種情況下，一般都被建議回家自行隔離。這種處理方法由第五波疫情開始

漸趨失控時，就一直沿用至今。說得簡單直接一些，雖然從新冠病毒最初爆發至今已經有兩年時間，但政府似乎一直未做好準備工作，以致受感染人數大幅上升時，根本就沒有足夠的醫院病牀和隔離設施可用。

疫情變得一發不可收拾之後，才動手建方艙醫院、增建隔離設施、把綜合醫院更改為新冠定點醫院，都只能是亡羊補牢的舉動。這些措施如果在第五波疫情來襲初期已經準備就緒，應可有效控制疫情，並減少死亡人數。但現在才開始運作，顯然為時已晚，並不能起到多大作用。

那三名病人被跨區送到別的醫院，誠然也加重了接收醫院的壓力。我們本來處理自己的病人已有困難，現在連其他區的病人也要照顧，可謂百上加斤。把只有輕微病徵的人跨區送到別的醫院，其實對那些病人也造成不便。我真不知道，晚上 11 時他們拿完藥後，可以怎樣回家。原則上他們是確診人士，不能乘坐公共交通工具，救護車也不負責把他們送走，抗疫的士更不是容易預約得到的。

但形勢不容許我花時間為如何送他們返家而操心，因為救護車接連把一個又一個心跳停頓的病人送了進來，而且一名病人被護士發覺在候診期間突然失去了生命跡象，僅有的五、六名醫生唯有疲於奔命，分頭在不同的病牀邊為拯救生命而努力。

從 2 月中下旬開始我就預料得到，若得不到內地的積極介入，單憑香港自身的能力，不可能戰勝這一仗。

看着疫情每日加重，死亡人數愈來愈多，不少同伴都意識得

到，香港已錯過了戰勝病毒的最後機會。雖然在黑暗的隧道仍未能看到盡頭的光明，工作壓力愈來愈大，人愈來愈疲倦和抑壓，受感染的機會也愈來愈高，但我和不少同事依然全力以赴，無怨無悔。因為這是醫護人員的工作，也是我們的職責。我們不幹，誰幹？

然而，我也在心裏感受得到，我們的工作性質似乎有了微妙的改變。由於現時醫療資源極端匱乏，人手嚴重短缺，與其說我們在盡力救治病人的性命，倒不如說我們只是竭力解決自身面對的問題來得更貼切。面對着堵塞在醫院每個角落的病人，雖然大家已竭盡全力，但必須承認我們無法提供正常水平的服務，也無法達至正常標準的治療。恐怕不少病人本來是不需要送命的，只是因為在這非常時期得不到適切的救治，最後才無辜地從我們的手上溜走。

病歷表的紀錄性厚度

昨晚加班三小時後，到醫生宿舍過了一夜。早上 8 時，又重新回到了崗位。今天本來休息，但早獲編排了加班。加班時間長達八小時，是一整天的工作。

雖然早已放棄了對美好日子的幻想，但回到診症室後，看着那堆疊得高高的候診病歷表，仍不禁瞪着眼睛，深深吸了一口涼氣。這堆從昨晚積壓下來的病歷表，有着我從沒見過的高度。隨手拿起最上面的那一份病歷表，把視線聚焦在病人的登記時間，竟然是昨夜 12 時就來到醫院的。那名情況頗為嚴重的病人已經等候了足足八小時，一舉創下了本部門的紀錄。正常來說，院方的服務承諾是在半小時之內為這類病人作出診治。在這份病歷表之下，橫七豎八地疊滿另外十多份同一類別的診症表。要把這些緊急的病症消化掉，也不是一時三刻的事。其他較低嚴重類別的病歷表厚度，比這個也不遑多讓。

自從昨日伊利沙伯醫院轉為救治新冠病人的定點醫院後，大量本應前往該院的病人被分流到其他醫院。全港的醫院本來就被疫情折騰得一塌糊塗，這一兩天增加的額外求診人數，更把所有醫護人員心中最後的一點火種，也完全澆滅。肉體上的勞累固然揮之不去，無助和絕望的感覺在無聲無息之間滋長，彷彿具有高度的傳染

性，時刻在摧殘着所有人的精神和意志。這比新冠病毒本身更危險。

從昨晚起，我斷斷續續看了四、五名被救護車跨區送過來的年老病人。由於他們的病情不甚嚴重，所以都要等上很長的時間才能看到醫生，其中一名病人等候了 15 小時，才能見得上我。經過簡單的診斷後，我開了藥讓這些病人全部回家，一個也無需住院。

我們本來就連處理自己的病人也有困難，現在更要處理跨區的患者，簡直是雪上加霜。最大的問題是，這些坐救護車過來的人，其實可以在本區的指定診所求醫，無需到醫院等待幾小時。那些沒有發高燒、沒有氣喘、行動自如、神智清醒的人，根本就不需要到醫院，這是嚴重的資源錯配。實際上，他們甚至連救護車也不需要使用。他們在看完醫生後，都能以自己的方式回家，理應也同樣能以自己的方式到醫院和診所。這段日子以來，很多救護員受到感染，以致無論救護車和救護員都極其短缺。一些在家裏心跳驟停的人，要等候一段比正常長不少的時間，才能等到救護車的到來。這樣就大大降低了成功救活的機會。

雖然這次第五波疫情有很多嚴重的病人，但相對來說大部分人的病情仍是以輕微居多，政府應該設立多些簡單的指定診所，用以治理病情輕微的人。這些診所成本低，人手和技術要求也低，況且也不可能在短時間內設立能容納十餘萬人的醫院和隔離中心。

希望政府能提供清晰的資訊，並且加大力度宣傳，呼籲不用到醫院治理的輕微患者，到指定的新冠診所求診，以紓緩早已崩潰的醫療系統的壓力。

江雪

千山鳥飛絕

萬徑人蹤滅

孤舟蓑笠翁

獨釣寒江雪

　　早上起來，梳洗過後，客廳中猛然傳來老二反覆朗誦柳宗元《江雪》的詩句。雖然小魔怪的普通話發音並不十分準確，但《江雪》是一首我十分熟悉的詩，單憑頭一句音韻的錯落有致，我已經揣測得到她在念甚麼，不禁發出會心的微笑，同時也難掩百般滋味在心頭。

　　這首詩是我 40 多年前上小學時，最早讀到的其中一首詩，所以有着難以忘懷的印象和感情。依稀記得，那是二、三年級的事。同學們一起坐在簡陋的凳子上，把語文課本放在表面凹凸不平的木書桌，一起以普通話跟着老師高聲朗讀。「千山鳥飛絕，萬徑人蹤滅……」那幅山水人物畫就此深刻地印在了腦海。儘管當時無法完全領會這首詩的意境，但那片廣闊無垠、淒美孤寂的景象，那個傲然脫俗、出世逍遙的釣魚翁，卻在我人生早期的混沌心靈形成了一幅美麗的畫面，並在往後的人生道路漸漸變成嚮往的歸宿。

想不到在香港深陷疫情漩渦的今天，我竟在無意間聽到只有幾歲大的小魔怪，琅琅上口地讀出我最喜愛的詩句。這個感覺如置身薄霧濃雲中般奇妙，既真實又如幻象般飄渺。父親和孩子二人宛如隔着時空在對話，我彷彿看到了 40 多年前上小學時的自己，而一臉稚氣的小不點把我當年做過的事，在我眼前重新再演繹了一次。

　　小魔怪上的是國際學校，普通話不是主科，我相信孩子只是念口簀般把整首詩讀出來，像我當初一樣並不知道當中的意境。

　　今天小魔怪像往常一樣，穿着整齊的校服，在客廳桌子上的電腦螢幕前，以視像會議形式和同學們一起上中文課。自從今年初國泰航空公司機組人員違反醫學監察規定外出聚餐，引發第五波新冠疫情擴散以後，兩個在同一學校就讀的小不點，在 1 月底開始就不能再回校上課，只能以視像形式代替面授課堂。這種學習方式的效率，實在無法和面對面的教授相提並論，使芸芸學子難以追上正常的學習進度。單是人與人之間的相處技巧和行為準則，就很難在螢光幕前掌握得到。在過去兩年的抗疫過程中，學生們已被迫數次中斷回校上課的寶貴機會，如果繼續這樣下去，恐怕會對將來的學業有極大的影響。這也是很多關心子女成長的家長最擔心的事情。

　　過去的三個星期，和我一樣的公立醫院醫護人員，彷彿被遺棄在冰天雪地的釣魚翁一樣，千山鳥飛絕，萬徑人蹤滅，可是叫天不應，叫地不聞。雖然我毫不介意遠離世俗名利煩囂，但我難忍生命無止境的流逝。

　　但意想不到的是，在小魔怪朗讀完《江雪》的幾小時後，我突

然感覺到風在毫無先兆下改變了方向，吹落在面龐上的位置不同了。今天，我仍要獨個兒編排病人的入院先後次序。到了晚上下班的時候，所有求診者都被我安排了入住的病房，再沒有病人在各個等候區等待入院了。這兩三個星期那條長長的等候入院人龍，終於消失了。放置在走廊上的病牀已經大幅減少，空間再次在診症室之內重現。

希望今天是個轉折點。

2022 年 3 月 12 日

消失的獅子山精神

「如果我不能陪伴兒子住院的話，我不能讓他單獨留在這裏，因為沒有人能把他照顧得好。」婦人哭哭啼啼地向我說。

然而，就在半小時之前，她才哭哭啼啼地嚷着要求我為她的孩子找一張牀位。

我不齒她的表演竟比四川變臉技術更青出於藍，於是生氣地

說：「如果妳的兒子被汽車撞倒，妳會不會也因為不能陪伴他而不讓他住院呢？這裏是醫院，醫生護士怎可能不懂得如何照料他？」

「那我先跟丈夫商量一下再說。」婦人猶豫了一會兒，接着又繼續哭哭啼啼地返回了候診大堂。

她離開以後，站在一旁的護士氣憤地說：「真不知道這些人是怎樣想的。沒有牀位又哭，有了牀位又哭！」

這時醫院的兒科病牀仍然十分緊張，如果情況不是十分嚴重的話，我也不會輕易把病人收進醫院。剛才婦人把未滿三歲的兒子的病情描述得十分危險，我才決定把他留下來觀察，想不到她竟然片刻就改變了主意，枉費了我的一番心思。

約 15 分鐘後，婦人重新走了回來，向我承認兒子的情況沒有當初說的那樣糟糕，她只是故意把病情說得危急一些，希望能住得進醫院。現在發覺不能陪伴兒子，所以決定不住院了。

我深感被她戲弄了一次，心中氣憤難平，久久不能平復。

之前當救護員的朋友說過，一些新冠病人為了能盡快得到救護車的服務，在致電求救時刻意誇張了病情，希望獲得優先送院的機會。當時我仍半信半疑，直到今天遇到這個病人，才對人性有了更深刻的體會。

晚上和一名親屬閒聊時，他說他的一些親友得知自己確診後，仍照常到街上吃飯和活動，一些染病的的士司機還若無其事地繼續業務。更令人匪夷所思的是，他爸爸的老闆前些日子一直沒有回家，下班後就呆在公司裏度宿，也不告訴其他職員發生何事。結果

公司裏的職員其後逐一染疫，當中包括了他的爸爸。

滿以為在疫情肆虐之時，市民理應互相幫助，同舟共濟，共渡難關，可惜我仍是想多了。也許，香港人引以為傲的獅子山精神，在經歷了近年多番風風雨雨之後，已變成了可望而不可即的共同回憶。

今天又再加班了八小時。連續幾天的額外工作，已經把我累得不想多說話。昨天共有 198 名病人在公立醫院離世，再創單日死亡數字新高。

2022 年 3 月 13 日

偷得浮生半日閒

過去的兩、三個星期，不是工作，就是加班，只放了約兩天假。除了肉體上累積起來的疲倦，持續繃緊的精神狀態更把我碾壓得有氣無力。今天休息，計劃一家人到附近的石灘走走，舒展一下僵硬了的筋骨，也趁機共聚天倫之樂。

疫情變得嚴峻之後，留在家裏的時間減少了，和兩名孩子相處的時間也變得極其罕有。自從兩個多星期前搬到鄉郊的村屋以來，仍沒有機會和孩子一同到戶外散步。大小魔怪經常在我上班的時候，問我甚麼時候回來。這個簡單的問題倒真的為難了我，因為醫院裏經常有突如其來的加班，我根本說不清楚何時可以歸家。

相處時間雖然少了，和孩子們的感情卻反而親密起來。大魔怪比老二年長兩歲，本來已經對我的親暱行為有所抗拒，不太喜歡我經常將其摟在懷裏。這二、三個星期見少了面，反而重拾了小時候對爸爸的迷戀。

兩個小魔怪早前不喜歡我給予額外的功課，這幾天竟像改變了性格一樣，主動要求我出數學題。大魔怪這一兩天經過我的密集式輔導，逐漸掌握了代數的基本計算方法，昨晚已學懂了如何解答 5X-3x4=4+3X-8/4 這道題，讓我喜出望外。老大只是相等於本地的三年級生，在學校仍未學到代數，這只是我的額外要求。如果仍未稱得上老淚縱橫的話，也一定算得上讓我老懷安慰。相等於本地一年級生的小魔怪，今天也正確算出了 20300405-913227 這種困難的減數題，同樣令我興奮得在其額頭上狂吻了數次。

下午處理完家中瑣事後，換過輕便的服裝，就和太太和孩子到了離家不足 200 米的石灘，從那兒沿着海岸線北行。今天的天氣好得超出預期，晴空萬里，蔚藍而無雲。陽光明媚溫暖，卻並不炎熱，是郊遊的好時節。一家人沿着海邊彎彎曲曲的步道徐徐而行，從海上吹來的涼風輕拂着右方的面龐，左面的樹林間歇地傳來葉子

沙沙的鳴叫。我們時走時停,孩子們即興地擺出各種趣緻的表情和姿勢,我則小心翼翼地站到海邊的岩石上,用手提電話為魔怪們留下寶貴的影像。

約走了三分一的路程,凡事尋根究底,性格和我比較接近的老大問道,何以在大熱天遠足,很快就會感到疲倦和暈眩。平常被問及的話題我大多不懂,但這回恰巧正中我的強項,於是我把相關的生理學如數家珍般說了一遍,並把血容量、血壓、脫水、低血鈉等醫學概念,當成通識資料一樣教育了孩子們一番。這段對話,到了他日年老色衰,必定是我坐在安樂椅上無所事事時的美好回憶。

平和的海面波光粼粼,閃爍着浪花尖發出的銀光。跨過寬闊的吐露港,在對岸一字排開的是一列並不太高的山峰。山巒起伏,層林疊翠,看了讓人心曠神怡,暫時忘卻世間煩憂。很久沒有像今天這樣放下一切羈絆,心無雜念,只是和家人一起,偷得浮生半日閒。

美中不足的是,郊遊完結之後,就要再次面對現實世界的殘酷。電視新聞報道指今天新增 3 萬 2430 宗確診,過去 24 小時呈報的死亡個案高達 264 宗。兩年多來,香港累計已經死了 3993 人,超越武漢全市累計的 3869 宗死亡個案。

今天,香港正式取代了武漢,成為中國境內新冠病毒死亡數字最高的城市。

亦喜亦悲

　　星期一的大清早，昨晚預先設定好的鬧鐘不負所託，在螢幕的字節跳到 8 時 05 分時，就謹守承諾把我如期弄醒。今天上午不用工作，但早上有更重要的任務。利落地整理好自己的儀容後，我便驅車直奔一所公立牙科診所。要用上政府的急症牙科服務，必須與其他人比賽誰更早到達。

　　大約一個月前意外地弄鬆了一根牙齒，雖然暫時在牙醫診所固定了，但兩天前的星期六又再突然變得搖搖欲墜。儘管我不是牙醫，對這個專業也一無所知，卻也不難估計到它已返魂乏術。

　　我的預測果然沒錯，牙科醫生着我張開嘴巴，只看了兩眼，就說要把那隻牙齒連根拔起。我早有心理準備，也就爽快答應。從此，我的嘴巴裏只剩下 31 根牙齒。

　　在跟主診牙醫聊天的時候，證實了之前聽到的傳言。牙醫是疫情中其中一個最高危的行業，因為每名病人都要在他們跟前脫下口罩，張大嘴巴，而且治療過程中很多步驟都會產生氣霧劑。醫療程序中產生的氣霧劑，是傳播新冠病毒的其中一個主要途徑。

　　當我緊咬着紗布為拔掉了牙的傷口止血，若有所失地離開牙科診所，電話傳來了母親拍的照片。照片上的快速測試盒，毫不含糊地顯示着一條淡紅色的線。她終於也轉陰了！

約十天前，爸爸和傭人首先透過快速測試檢測出受到感染，媽媽在隨後的那一天也確診了。由於爸爸媽媽的年紀都很大了，而且父親有極嚴重的疾病，知道他們染疫後的最初幾天，真把我擔心壞了。我每天都提心吊膽，唯恐他們會告訴我出現甚麼嚴重的病情。幸好我早叫家裏所有的人，都接種了科興疫苗。雖然爸爸媽媽只趕得及注射了兩劑，但他們的病徵均十分輕微，沒有出現危急的狀況。國產疫苗明顯發揮了應有的功效，才讓他們避開了險境。他們的狀況比我在醫院裏看見的那些沒有注射疫苗的長者，好得實在太多了。

過去的那十天，我也不敢踏入家門探望父母，生怕他們傳染了我，也擔心自己把醫院的病毒帶給他們。我在第一天就買了一個便攜式的血氧儀，隔着家門遞了進去，讓他們每天量度血液含氧量，並把血壓和心跳等維生指數，一併發過來給我參考。我也拿給他們一些藥物，希望可以起到紓緩病情的作用。每天我就透過電話接收他們的信息和圖像，對各種數據進行分析，然後把評估結果和建議傳回給他們。父親和女傭早在兩三天前就轉陰了，今天再收到母親的好消息，總算放下了心頭大石。

休息了一天，下午回到醫院，情況和放假之前沒有多大分別。室內的人流明顯大為減少，完全沒有擁擠的感覺。我可以信心十足地說，至少醫院所在的那個地區，疫情已經有所改善。

不久之後，我被告知小手術室和另一間診症室內，一共存放了四具遺體。這個現象表示，仍有不少病人是在抵達醫院前，就已失

去生命跡象的。遺體堆積的問題仍然困擾着我們。護士跟我說，在室外的空地上，幾天前已安放了兩個具備冷藏功能的貨櫃箱，用作臨時停放屍體。在這所醫院的數十年歷史中，這種臨時措施以往從沒發生過。

我在 20 多天前首次見到醫院堆積的屍體，曾聯想到一年多前紐約的食品冷藏車。今天，這個預言無奈地成為了事實，只是食品冷藏車被換成了貨櫃箱。

2022 年 3 月 15 日

畸型的社會

今天的兩則新聞，令我感觸甚深。

最近幾天，由於疫情在內地多點爆發，廣東的深圳、東莞及山東省多個縣市昨日開始封城，阻止病毒擴散。吉林省也是重災區之一，所以也推出了近乎封省的措施。

相比香港，內地這些地區的疫情只屬小規模，但已堅決果斷地

採取封城措施，盡力遏止病毒向其他省市蔓延。反觀香港，疫情肆虐月餘，至今確診病例超過 72 萬，累計 4066 人染疫死亡，卻仍舊議而不決，拖拖拉拉。莫說要封城，就連全民強制檢測這個必須的措施，經過無數次討論再討論後，也依然只是空中樓閣。

我曾在大約一個月前向有關方面作出建議，強烈要求盡早推行為期七至十日的強制檢測，以及採取相應的隔離措施。可惜我得到的答覆是，香港和內地由於制度上的不同，例如香港沒有戶口制度，也沒有居委組織等原因，所以無力實施這類全港性的抗疫方案。自此以後，我就打消了這種念頭。沒有期望，就不會有失望。我深知若錯過了疫情上升階段防控的黃金時機，以後就再沒有第二次機會，只能眼睜睜地看着那些走勢曲線發了瘋似的向上飆。否則，我還可以怎樣。到了今天，我終於完全領略了屈原的心情。這種心情，單憑閱讀歷史書是不能體會到的。

除了封城的措施外，吉林市市長和吉林省的其他一些官員，也因防疫不力而被免去職務。我真心的替他們感到不值，因為在香港，雖然疫情比吉林省嚴峻不知多少倍，但卻仍然沒有任何一位官員需要為防疫不力而下台。第五波疫情肆虐帶來的人命和經濟損失，已導致香港民怨沸騰。不少香港市民渴望中央出手，罰治失職官員，讓他們為自己的失誤負上責任。

另一則新聞是，早前港府向中央提出派遣內地醫護來港支援，首批 75 人昨天經深圳灣口岸抵達。

在本港醫護人員大量遭受感染而離開崗位，剩下的人忙得筋疲

力盡的時候，這不啻是久旱之後的及時雨，對紓緩本港醫護人手短缺有莫大的幫助，本來無可非議。遺憾的是，香港是個畸形的社會，很多人已經到了只談政治立場，不問是非曲直的地步。

有病人權益組織發言人擔心，內地醫護人員無經本港註冊，出現專業操守問題亦不受醫委會監管，如病人有投訴或會影響病人民事索償。他又指本港一直使用英文醫療系統，擔心內地醫護人員以中文書寫病歷，本地醫生未必能輕易理解，認為雙方要加強溝通。此外，亦有醫護協會發言人稱，來港的內地醫護人員雖然大都懂廣東話，但兩地醫療術語及日常用語仍有不同，在查問病歷方面可能遇到困難。

這些理由我早在一個月前已經想到了，也前瞻性地向有關當局作出預警，並提出具體的建議化解來自不同方面的質疑。我曾確切地指出，在中央各項支援香港抗疫的行動中，派遣內地醫護人員來港直接參與醫療工作，將會是阻力最大的一項，必須小心處理。試想像一下，假若有香港市民在內地醫護人員的救治下死亡，或出現嚴重醫療意外，必會成為被針對和指控的藉口，也會成為大做文章的豐富素材。我的預防性建議最終有否獲得當局採納，要多觀察幾天才能知道。

無論結果如何，我很想讓吹毛求疵的人知道，中國在過去兩年曾經派出多支醫療隊伍，到世界各地幫助當地政府對抗疫情。這些醫療隊到達當地，都必須面對他們提出的那些質疑，最後不都是以互相體諒、共同合作的方式解決所有問題嗎？問題在外國可以迎刃

而解，難道在自己國家之內反而不可以？

另外，香港也有不少醫護人員經常到世界各地當志願者，執行人道救援任務。難道他們也要被當地人質疑語言能力和行醫資格？如果真有這種情況，作為香港人，這些病人團體和醫護人員的發言人可以接受嗎？

有甚麼比救死扶傷更重要？對於那些質疑千里迢迢趕來為香港救死扶傷的人，我除了搖頭，心裏也不禁對他們作出了不能訴諸於口的評價。

2022 年 3 月 16 日

妖獸都市

昨天的日記記錄了本地一些病人和醫生組織，對內地來港支援抗疫的醫療隊的一些負面說法。想不到今天若干新聞從業員，又延續着拙劣的演出，在疫情發布會上提出質詢，若內地醫療隊出現專業失德和醫療意外，該如何問責。

傳媒在過去兩三年本港一系列社會事件中的報道手法，一直為部分港人所詬病，以致不少市民對這個行業從業員的質素和專業操守失去信心。由於某些報道偏頗失實，違反了客觀中立的新聞原則，本地傳媒的公信力因此在過去兩三年嚴重受損。

　　對於記者的提問，如果我是主持疫情發布會的人，我會這樣回答：

　　如果你知道現在很多本地的嚴重病人，因為得不到足夠的醫療資源，在抵達醫院後不久，就被作出「不作搶救」(Do not resuscitate，DNR) 的臨牀決定，那麼你會建議病人投訴公共醫療系統負責人、醫院負責人、主診醫生，還是那些來幫助我們的內地醫護人員？你聽說過香港在執行這種救治方案嗎？如果你連這麼重要的事情都不知道，你做好功課了沒有？「不作搶救」和你所指的那些無中生有的投訴，哪個更值得投訴？

　　你知道為甚麼香港竟然淪落到，在一名嚴重病人剛抵達醫院不久，醫生就被迫要第一時間說服其家屬同意不作搶救嗎？你認為醫生樂意這樣做嗎？這還不是因為醫護人手缺乏、隔離病牀稀少、醫療資源匱乏嗎？你知道醫院裏有多少病人是在公共醫療系統崩潰之後，才因為缺乏應有的治療而死亡的嗎？

　　現在有內地同袍不遠千里而來，冒着自身的安危來解香港的燃眉之急，我們業內拍手還來不及，你竟然首先教導病人怎樣投訴他們？你的良心丟哪兒去了？這還是人說的話嗎？你真的冷酷到不想讓公立醫院的醫護人員，有那麼一點點的喘息機會？如果你的爸

爸、媽媽或小孩現在極其危殆,而主診醫生由於太忙而無暇治理他們,並要求你同意不作搶救,你會否祈求身邊有一名內地來港的醫護人員來幫助你的家人?即使出現醫療問題,你是感恩他們的存在,還是對他們作出投訴呢?

一個人的行為,反映了他的內心。最後,你的發問啟發我編寫了一段喜劇劇本。即使你不願聽,我也忍不住要與你分享。

一個人在炎熱的沙漠裏迷了路,快將渴死。一名路過的好心人向他遞上了水壺。這名垂死的人不是一飲而盡,卻是向好心人質問:「你的水壺有沒有消過毒?是不是乾淨的?裏面的水有沒有安全認證?你是做甚麼職業的?有沒有急救的證書?會不會流利地說我的語言?有沒有接受過送水給別人喝的訓練?我喝了你的水,如果出了甚麼意外,應該向哪個部門投訴你?」

那個好心人說:「XYZ,那你過主吧!」

然後他把水壺裏的水倒乾淨,頭也不回地蹦跳着上路。

2022 年 3 月 17 日

我不入地獄　誰入地獄

　　早晨 8 時回到工作崗位，眼前出現了令我不能相信的景象。室內的走廊和診症室裏，連一個人影都找不到。這種門可羅雀的場景，在過去的一個月內從沒見過。一葉落而知天下秋，綜合過去三四天比較空閒的情況推斷，我可以負責任地說，疫情在我們的那一區已經退卻。

　　但這種退卻也僅僅只限於我們的那一區，並不代表全港普遍的狀況。據上司所說，另一區規模最大的那所醫院，雖然在改為新冠病毒定點醫院後已不再接收其他類型的病人，醫護人員的工作量有所下降，但現時仍有大約 150 至 200 名病人在急症室等候住院，情況比本院最壞的時候更惡劣。位於觀塘的大型綜合性醫院，情況也沒有好到哪裏去。據從那裏轉送過來的病人說，那邊的急症室現時大約有 200 名病人等候住院，等候時間大約為四至七天。

　　鑒於這些醫院仍在超負荷運作，我們醫院每天都要撥出一些病牀，收治在那邊等得太久的病人，以減輕他們的壓力。不但如此，這些醫院的急症室更開宗明義，不再診治新冠病例以外的病症，所以一些如交通意外等類型的傷病者，被救護車長途跋涉地送了過來。我在昨天才成為這個制度之下的其中一名受害者，被迫聯同其他專科的醫生，在搶救室救治了一名跨區的嚴重創傷患者。

這難免引起我們這邊的若干怨言。一些同事說,我們做得好反而要受到懲罰,那麼我們為何要做得那麼好。如果我們這裏仍然是人滿為患,就不需要接收額外的病人了。雖然這並非一個積極的想法,但在邏輯上卻難以找到缺憾。

香港整體疫情沒有退卻的另一個絕佳例證,是當屬直接影響到我們部門運作的一些事件。從昨天開始就陸續有一名同事確診,另外亦有同事因家裏成員確診而被列為密切接觸者。這些同事都需要隔離,至少七日內不能上班工作。這難免令人手短缺的情況雪上加霜。我本來的加班時數已很多,管理人員今天仍直接找上門來,希望我能再加更多的班,以頂替缺勤同事的工作。雖然連日來我已十分疲累,但我深知自己的職責為何,而且這種困難的日子也是最能彰顯自身價值的時機,所以我也一口答應。

我不入地獄,誰入地獄。這是我的格言。我一直認為,醫生不能只把工作視為工作,應該把工作扛在肩上,轉化成自己的責任和使命。治病救人,是我小時候夢想成為醫生的原因。

如今,達成這個夢想的時代背景終於來了,我又怎會抱怨。

不光彩的特殊歷史意義

昨天的日記才說過，有幾名同事由於染疫或成為密切接觸者而需要隔離，不能上班。早上 8 時當完夜班，在前往醫院停車場取車歸家的時候，碰到一名醫生同事。他對我說，我們的另一位同事，今早在社交媒體上宣布自己受感染了。

聽到這個消息之後，我的心情一下子沉了下來，立刻意識到人手將更加緊拙了。部門一下子有多名醫生，在最少七天之內同時不能上班，日常的運作一定會受到很大的影響。白天有較多醫生上班，他們的工作量較容易被其他人平均攤分，還不至於出現無法補救的狀況。但夜班通常只有兩名醫生當值，缺少了一名醫生的話，診療服務基本處於半癱瘓的狀態。他們的缺勤必須由其他人頂替，整個月的編更表也必被打亂，這無可避免地會對其他醫生的正常生活造成極大困擾。

我意料得到，未來十天的編更表將會作出重大修改。到了下午，在家睡醒一覺之後，電郵傳來的信息便證實我的猜想。下個星期，基本上我每天都被安排了加班的時間。

由 14 日開始，公營醫療系統從美國藥廠購入的兩款治療新冠藥物已經相繼到貨，可以由前線醫生處方使用。在此之前，只有住進醫院的病人才可以獲處方抗新冠病毒藥物，無需住院或仍在等候

入院的病人，則無法獲得任何特效藥物。換句話說，除住院病人以外的所有患者，均不能接受正式的抗病毒治療，所有的藥物只在紓緩徵狀而已。

兩種新購入的抗新冠病毒藥物，其中之一的副作用較少，大部分病人都可以服用，但療效並不顯著，而且藥費較貴，並不太受醫生的歡迎。另一款藥物的效果較顯著，藥價也較便宜，但有損害肝臟和腎臟的危險副作用，而且與不少常用的藥物產生藥物相互作用。醫生在處方這藥之前，需要對病人本身的藥物作出調整。這兩種藥物在香港都仍未註冊，醫生在處方之前，需要取得病人的口頭同意，以釐清責任。有關當局和這兩間美國藥廠簽署了保密協議，並未公開合約內容。

今天具有並不光彩的特殊歷史意義。第五波疫情至今，有數據證實的累計確診人數剛好突破了 100 萬，死亡人數則超過了 5000。至於未經證實的感染人數，根據本地大學的數學模型推測，已經高達 200~300 萬。

立場蒙蔽理智　主觀喜好取代客觀認知

　　自從 2019 年香港因修訂逃犯條例，引起曠日持久的大規模反政府暴動事件之後，香港社會嚴重撕裂，因政治立場的分野而導致嚴重對立。市民無論願不願意，都無可避免地被劃分為黃藍兩大陣營。不同陣營的人勢成水火，壁壘分明。

　　兩年前新冠疫情開始，反對政府的黃色陣營就在各方面展開不合作運動，千方百計鑽空子對抗政府的防疫措施，這令成功抗疫變成一句空話。例如，他們曾經在疫情早期提出封關，禁止內地人前來香港，但在中國迅速控制病毒傳播，而輪到西方受盡疫情摧殘的時候，卻視而不見地不再提出相同建議。他們曾經舉行舉世無雙的罷工抗疫運動，就連疫情最嚴重的美國也未發生如此荒唐的事件。為了逃避刑責，部分聲稱罷工抗疫的醫護人員，在罷工的那幾天只是向部門申請病假，並非真正的罷工行為，似乎無法兌現面對傳媒時大聲疾呼的意志、決心和膽量。

　　到了第五波疫情前後，一些人仍抗拒安裝政府推出的防疫應用程式，甚至有些人因蓄意下載偽冒的應用程式而惹上官非。另外，一些人不但自己拒絕接種疫苗，更不讓上了年紀的家人注射，結果那些人就變成了最終的受害者。可笑的是，當疫情洶湧而來，他們卻演活了「今天的我打倒昨日的我」的醜劇，爭先恐後地趕着湧往

疫苗接種中心。還有一些人在網上煽動受感染的人，刻意光顧藍色陣營的食店以傳播病毒，結果真有人受到迷惑，並被拘捕候審。前天的一則新聞更好笑，一名 27 歲染疫的男侍應入住某檢疫隔離營，在離開前把糞便潑上牆壁和天花板，結果被警察以涉嫌刑事毀壞罪名拘捕。真不明白這些人的心裏想些甚麼，難道疫情真的與自己無關？每個人當然可以有自己的立場，但如果任由立場蒙蔽理智，以主觀喜好取代客觀認知，那受害的不僅是自己，還會連累身邊的至親。

　　一個月前，習近平總書記曾對香港的防疫工作提出重要指示，號召社會各界團結一致，同心抗疫。換作幾年前，我可能還以為這些只是口號，但經歷了過去兩三年的折騰之後，我已深刻明白了指示精神的含義。這是一條重要的原則，任憑香港社會自詡有多先進和優越，如果社會上每一個人不能放開成見，團結起來，抗疫是不可能成功的，那只會以無數的生命作為代價。

　　昨天跟朋友閒談時，從她口中得知一件匪夷所思的事。她說最近跟同事談起疫情，同事說看到醫院把病人和死者放在同一間病房的照片，責罵該種安排失當，認為殮房若無空位，也可以用另一個房間來擺放屍體。朋友說醫院連走廊通道、診症室內外都躺滿病人，何來還有他口中的另一個房間？同事繼續辯駁，說醫院那麼大，不可能沒有另外的房間。朋友已沒有氣力再和他辯論，唯有省下一口氣溫暖自己的肚子。

　　聽到這種無知的說法，除了苦笑之外，我真不知道還可以怎樣

反應。

　　朋友的同事可能不了解，如果住進醫院的病人不治去世，遺體是送往醫院殮房存放的。醫院殮房的空間較大，可以暫時存放較多的遺體。另一方面，在送抵醫院前已經死亡的病人，以及那些在等候入院時死亡的患者，正常來說是送往另一個臨時殮房存放的。該臨時殮房比醫院殮房細小很多，一般只能擺放兩三具遺體。

　　這段疫情肆虐的時間，每天都有很多老年人在送抵醫院前就已經死亡，亦有若干病人在等候住院期間去世，這些數字加起來已高於平常時期數倍之多，從而令小型臨時殮房超出負荷，儲存空間供不應求。

　　儲存在臨時殮房內的遺體，在平常時期只需等候兩三小時，就可以被移送政府公眾殮房。由於疫情防控需要，若去世的病人經快速測試被證實患上新冠，遺體要進行特別的處理和安排，需等候頗長的時間才能被移走，這又反過來加重了遺體積壓在臨時殮房的困局。

　　臨時殮房長期爆滿，總不可以把屍體疊起來全塞進那個小房間，那未免對先人不敬，讓醫護人員和家屬都難以接受。因此，醫院的管理人員就得想方設法把屍體擺放在可以放得下的空間，這包括了平常為病人縫針和清洗傷口的小手術室、病人看病的診症室、搶救危重病人的搶救室等等，有些甚至被移送到每一個散落在醫院各處的臨時空間。在十餘天前的日記裏我曾寫過，我在行醫生涯中首次在搶救室內，被夾在兩具遺體之間獨自搶救一名危重病人。

朋友的那名同事說得不錯，醫院裏真的是有很多房間，但他可能忘記了一點，在這個香港最困難的時刻，醫院裏所有的空間都已經擠滿了一息尚存的病人，何來有額外的空間存放屍體。說得出這種話的，其實和說出「何不食肉糜」的晉惠帝別無二致。

　　直到最近這個星期，各醫院才弄來附有冷藏功能的貨櫃箱，放置在急診區附近的戶外位置，作為臨時儲存遺體之用。如果朋友的同事如今有幸途經香港其中一家規模最大的醫院，就可以看到在露天網球場上擺放的數個貨櫃箱，那就是他所說的醫院額外的房間。

　　指出別人做得不好很容易，但要自己做得比別人更好卻很難。諷刺的是，香港現在每個空間都充斥着只有第一種想法的人。可以的話，我倒希望他們能短暫和遺體共處一室，騰出本來佔用的空間，讓有需要的病人呼吸一下新鮮空氣。

愉快的星期天

這是一個春日的星期天，陰，偶有小雨。今天本是休假日，但早上 8 時已身在醫院。

雖然春天才來了幾個星期，但一葉落而知天下秋。根據過往一星期的觀察所得，香港的第五波疫情應該已過了峰頂。這幾天診症室都比較清閒，等候入院的人龍已經消失了，求診的人數也不多。幾個星期前是病人苦等醫生，現已變成醫生等病人了。希望情況持續改善，生活盡快重回正軌。

在等候病人的時候，我重溫了中學時期極之喜愛的一項智力遊戲——背誦地圖上的國家。前幾天才和同事說起這個話題，原來也有不少人和我有同樣的喜好。

我以東亞、東南亞、南亞、中亞和西亞作為分類，把亞洲國家的名字全都寫在白紙上。根據以往的經驗，要記起所有名字，一定要把地理形勢弄清楚，把不同國家以地理位置作出正確的歸類。遊戲完成以後，我確定自己並沒有患上新冠病毒的「腦霧」後遺症。

到了下午，看了一名中年女病人，跟她展開了一段有趣的對話。那名病人因為心悸了一兩星期，看了其他醫生不果，所以才到醫院求診。我詳細詢問了她的病歷，不用多久就斷定她的心悸是由於精神緊張導致的。之前她看過的醫生所開的藥物，也是診斷最好

的佐證。

我於是問她，是甚麼原因導致她這麼緊張。她的回覆是近期的俄羅斯和烏克蘭戰爭，以及疫情的影響令她極為焦慮，也很擔心子女的生計。

「這個妳擔心也擔心不來呀，難道妳擔心了，戰爭和疫情就會快些完結嗎？妳看我和妳也同樣要面對戰爭和疫情，我有沒有像妳那樣，擔心得連身體也出現問題？」我嘗試開解她說。

她不談戰爭了，轉談起疫情來：「看到現在有那麼多人死去，心裏很難受。」

「這是我們醫生一早就預料到的。」我誠懇地跟她說。

「真的嗎？你們一早就能預料得到嗎？」她很驚訝地說。

「當然！我們早就預料到了，只是我們說的時候，妳們不相信。」從她發問的神情和態度，我估計她是其中一個不相信的人。我早前在日記上的文章，已經精確地預測到了現今的情況。

「政府也實在做得太差了，好像甚麼也沒做過一樣，才死了這麼多人。」她如是說。

「政府是做得差，這個無可推諉。但除了政府做得差之外，很多人也做得很差，才有了今天的結果。所以這不是單方面的問題，政府和市民都有責任。當時我們說 Omicron 並不只是輕微的流感，妳有相信嗎？當時政府敦促市民早些接種疫苗，妳有跟着做嗎？政府要求民眾減少社交接觸，妳有照着辦嗎？妳們當時根本沒有當病毒是一回事，那麼今天有這麼多人死亡，可以怪誰呢？」我不慌不

忙地說。

「你說的也有道理，但我已經剛剛注射了疫苗。最初接種疫苗的時候，傳媒報道很多人因注射疫苗而死亡，所以嚇怕了我們，才不敢接種。」她據理力爭地說。

我也不甘示弱：「妳知道傳媒為甚麼要這樣說嗎？很多時候，它們只是把它們想妳相信的資訊傳達給妳而已。當時也有很多醫生在傳媒跟前作出解釋，指出注射疫苗不但安全，也是預防重症和死亡的有效手段，而且接種疫苗後死亡，並不代表示是由疫苗引起的。妳有相信那些醫生的話嗎？」

她猶豫了半晌才說道：「你說的也很對。」

我看她是一個講道理的人，不像很多其他人那樣立場先行，才語重心長地說：「醫生才是這方面的專業人士，如果有些人不聽醫生的話，卻選擇相信傳媒，妳不覺得很不合理嗎？如果妳現在身陷官司之中，妳會相信律師的話，還是相信傳媒的話呢？」

她連連點頭，但仍死心不息，嘗試作出最後反擊：「既然疫苗安全和重要，當時醫生為甚麼不說市民一定要注射呢？」

我被她這條可笑的問題逗得忍俊不禁，唯有帶着戲謔的口吻回答：「我跟妳說明天有隻股票必會大升十倍，我也不能逼妳買吧。我已經把要說的都說了，但買不買，仍要由妳自己作最後決定吧。妳怎能怪責醫生呢？」

說到這裏，她彷彿打通了任督二脈，只顧對着我微笑，再沒有提出古怪的問題。

我打蛇隨棍上，叫她回去跟熟悉的人複述我跟她說的話，敦促仍未注射疫苗的人快去接種。

就這樣，我輕鬆地渡過了幾個星期以來最愉快的一個星期天。

下午的疫情發布會證實了我早上的看法，今天的確診人數是 1 萬 4149 人，連續兩天少於 2 萬人。

2022 年 3 月 21 日

指鹿為馬的抗疫夢幻樂園

香港特別行政區首長今早在抗疫記者會上，宣布了以下幾項重點防疫措施：

1. 從 4 月 1 日起，取消美國、英國、澳洲、加拿大、法國、印度、尼泊爾、巴基斯坦及菲律賓共 9 個國家的禁飛令。

2. 最快 4 月 19 日恢復面授課堂，包括小學、幼稚園、國際學校，而中學需等待文憑試核心科目完畢才恢復面授課堂。

3. 中學文憑試仍然以 4 月 22 日開考為目標。

4. 暫緩全民強制檢測。

此外，社交距離措施亦將於 4 月 21 日起，分三階段逐步放寬：

第一階段：重開 599F 表列處所、康體設施；限聚令上限 4 人；餐廳堂食延長至晚上 10 時。

第二階段：重開酒吧、酒館、泳灘、泳池；限聚令上限 8 人；郊野公園範圍內，以及戶外運動期間可豁免佩戴口罩；餐廳堂食延長至凌晨 12 時。

第三階段：將處所顧客人數及限制等再放寬；但安心出行、疫苗通行症、公眾地方須佩戴口罩之措施需維持實施。

香港各界和內地民眾聽到這一消息後，為之譁然。這些做法和完全躺平，基本上沒有太大分別。香港第五波疫情仍未消退，港府就急不及待地重開包括英美等疫情最嚴重國家的航線，真不擔心會把新的病毒變異株帶進香港，又再引發新一波疫情嗎？

諷刺的是，一河相隔的深圳市經歷了七天的全民檢測，今天已經全面復工復產。深圳市在抗疫和社會經濟發展上取得了合理的平衡，給香港展示了制度、能力和效率上的優越性。香港之前一直只聞樓梯響的全民檢測，到今天不了了之，但人家就用實際行動證明給你看，甚麼叫摧枯拉朽的能力。人家把答案卷和筆都給了你，你也不會抄，那你服不服？

我在早前的日記中曾經寫過，很想見證一下社會主義制度和資本主義制度，哪個更能在疫情中救萬民於水火。香港第五波疫情尚未完結，勝負似乎已見分曉。但這樣說對資本主義制度也有欠公

允，美國、英國、澳洲等西方資本主義國家，雖然不屑追隨中國的防疫方式，但好歹也曾三心兩意地進行過封城，印象中香港卻似乎從來沒啟動過，又怎能把所有的失敗都算到資本主義制度的頭上。

還是一名據稱為內地醫生，最近在微博發表的文章寫得好，入木三分地分析了香港的制度以及它的運作。該篇文章的全文如下：

香港的社會運行模式，既不是社會主義也不是資本主義，而是最封建最落後的門閥統治。

幾大家族徹底掌控香港經濟命脈，壟斷各行各業，報團維護門閥利益，對上陽奉陰違，對下敲骨吸髓，對外奴顏媚骨，對內窮凶極惡。

香港有遠遠優於深圳的高科技創新條件，港大等大學實力在全球名列前茅。但幾大家族為了維護門閥利益，熱衷於金融房地產，滿足於壟斷收入，對科技創新毫無興趣而且各種打壓。最終大量高科技企業在深圳台灣勃勃興起，香港卻毫無建樹，大量精英每天忙於各種金融投機炒作。

香港有大片土地未開發，老百姓居住條件極差。為了維護門閥利益，控制港府決策，人為限制土地供應，維持高房價。

香港醫療行業為了維護行業暴利，堅決拒絕內地醫護赴港執業，疫情期間千方百計抵制內地醫療團隊赴港援助。內地醫護對港民的無私奉獻，卻被他們視為來搶地盤搶生意。

這個城市，完全就是門閥的治理模式，徹底爛透了。

以上的話不是我說的，內容與我無關，而且自問也沒有這種鋒

利的文筆。但醫生畢竟是醫生，我對同行的聰明才智和敏銳目光擊節讚賞，也佩服得五體投地。然而，我卻不敢公開評論他的觀點是否正確。若問我有口難言的原因，還不是他在文中尖銳地指出的那幾點內容嗎？在封建的社會，說大逆不道的實話是要砍頭的。你給我天大的膽，我在香港也不敢這樣做。還是日後回到內地才說吧。

其實，我在開始寫下今天日記的第一段之前，已經先寫完了結尾的那段：

世事並不太難捉摸，我在約一個月前根據收集到的信息，已經估算到香港不會有封城措施，也不會推行附帶有禁足令的全民強制檢測。基於昨天的因，料到今天的果，毫不困難。我從那時已開始調整心態，所以走過了這一個月，仍舊心靜如水，沒有多大的波動。不是這樣，還可以怎樣。很多人喪失生命是必然的，但沒有期望，就肯定不會失望，心裏唯有絕望無法隱藏。

濃霧中的葛咸城

星期二，大霧。

今天整個城市被籠罩在濃霧之中，我的心情和真實的情景也不遑多讓。

周遭朦朦朧朧的氣氛，使我不其然聯想起電影《蝙蝠俠》中的葛咸城。電影中的葛咸城是個烏煙瘴氣的城市，惡貫滿盈的壞蛋為非作歹，無惡不作。幸好有盡忠職守的警察和蝙蝠俠伸張正義，才能保障升斗市民的生命安全。

過去幾天看到的新聞，讓我覺得香港其實和葛咸城相去不遠。

先是一則幾天前的新聞，報道指警方搗破一間出售豁免疫苗接種證書，以謀取非法利益的私營診所，拘捕診所護士和負責人各一名，並通緝身處境外的診所醫生。據悉，該名醫生數月前已離開香港，他在並未親自為病人診症的情況下，透過遙距控制的方式指使診所護士，向提出要求的人士以 800 元的價格出售印有其簽名的證書，事件共涉及約 800 名人士。無論該名醫生，還是那些購買證書的人士，都涉嫌觸犯了刑事法例。

當我首次聽到這則新聞的時候，隨即想起個多星期前到公立牙科診所求診的情形。當時排在我後面的一名求診者，在登記時高聲對職員說，他擁有醫生開出的豁免疫苗接種證書，所以無需注射疫

苗。我當時看了他一眼，那人和我的年齡相約，體格強健，聲如洪鐘，怎看也不像患有嚴重疾病，我怎樣想也想不出一個合理的原因，何以他不能接種疫苗。如今我終於恍然大悟。

根據正確的醫學指引，絕大部分人士均可接種疫苗，不能接種的絕無僅有。而且，患有愈嚴重的病，其實愈需要接種疫苗，若不幸染上新冠病毒，才可以減低患上重症和死亡的風險。

我可以估計得到，這些寧願花錢購買非法證書，而不願接種疫苗保護自己的人，都擁有相似的政治立場和思維模式。因為偏激的想法為反而反，若最終不幸身陷囹圄，真不知他們會否頓足捶胸，後悔莫及。

今天有另一則新聞，報道警方昨晚又再拘捕兩名人士。他們曾在社交平台鼓吹他人違反防疫規例，煽動確診市民外出播毒。二人涉嫌干犯煽惑他人違反《預防及控制疾病規例》及違反《預防及控制疾病規例》等罪。據悉，其中一名被捕人士為醫管局放射治療師，曾在 2019 年 12 月於社交平台鼓吹其他人向警務人員使用暴力，不惜要打警察及殺警察，又呼籲大眾染疫後借故接近警察。這已經不是第一次發生同類事件，所以絕非偶然的精神錯亂行為。不需深究，也可知他們背後的目的。

這些就是過往兩三年來，口口聲聲要為香港追求民主自由的正義之士。我真不明白，他們的做法只會搞亂香港社會，又豈能達成崇高的理想呢？為反而反，最多只能夠摧毀舊社會，卻不可以建立新世界。難道這麼顯淺的道理，他們也想不通嗎？或許，他們另有

掩飾得更好的自身考慮，所以鐵了心只想把東方之珠變成葛咸城。他們所宣稱的偉大目標，看來都只是虛偽的幌子而已。

像葛咸城這樣的罪惡城市，要抗疫成功，談何容易。明眼人都知道，有些人從來都不希望成功，所以千方百計在加以阻撓。唯一慶幸的是，這個城市雖然沒有蝙蝠俠，但仍有他在葛咸城的同伴孤身奮戰，努力保衛香港。

重獲新生的香港

退卻的潮水

　　星期三，全天有雨，氣溫陰冷。

　　雖然空氣中滲透着潮濕的氣味，但無論政府公布的染疫人數，還是醫院求診病人的數字，都在在顯示着潮水正在退卻。

　　根據政府公布的數字，今日新增 1 萬 2240 宗確診個案，死亡個案為 205 宗，第五波累計個案 107 萬 5519 宗，死亡率約為 0.59％。與疫情高峰每天五萬多宗新增個案相比，感染人數明顯大幅回落。

　　疫情回落最直觀的感覺，反映在醫院的求診和死亡數字上。這個星期以來，求診人數寥寥可數，不少時間醫生都可以聚在一起聊天。而且，染疫者和非染疫者的人數比例，出現了逆轉性的變化。過去的四、五個星期，求診者接近九成是受感染的病人，而這幾天非染疫患者已重新佔據多數。鑒於醫院大部分病房已改為接收確診人士，現時受感染病人住院已完全沒有問題，反而沒有受到感染的人，卻往往要稍等片刻，才能被送進愈來愈擠迫的普通病房。個別已接收遠超設計容量病人的病房，甚至自訂規則，除了病人在入院前所做的快速測試須為陰性之外，更要求核酸檢測中的病毒含量須低於某個數值，才肯接收病人。可是核酸檢測需時，這倒使另一條人龍開始慢慢積累起來。

除了求診人數下降之外，在診症室被證實死亡的人也顯著減少，這主要從兩方面的數字可以反映出來。三、四個禮拜前，在醫院以外突然失去生命跡象的人，比平常多了至少四五倍。大部分這類病人被送到醫院時，都已搶救無望。其後，他們大部分透過快速測試都被確認染上新冠病毒。最近這星期，雖然這類院前死亡個案依然存在，但與前相比已完全不在同一數量級。另一方面，因為已不存在大量病人滯留等候入院的情況，所以不再有病人在等候過程中突然死亡的問題。醫院裏屍體堆積的情況已不復存在，最近一兩星期才臨時設置的冷凍貨櫃箱，也早已被清空。

　　據說這些擁有冷藏功能的貨櫃箱，原本是用作貯存凍肉用的。較早前由於大量遺體無處停放，有關當局緊急外購了不少這類貨櫃箱，擺放於轄下各醫院的室外空地上，作為臨時停放遺體之用。現在這些貨櫃箱已完成了歷史使命，以後如何運用，卻成了令人頭痛的棘手問題，總不能用作辦公室或宿舍吧。

　　當局向美國藥廠購置的兩款治療新冠病毒藥物，在本月 14 日才開始陸續獲得使用。據悉，儘管兩款藥物的療效有顯著差異，但一個療程的價格都在數千元港幣上下。鑒於兩款藥物在香港仍未獲得正式註冊，而藥物使用限期只有一年左右，所以即使藥價昂貴，院方仍建議醫生盡量處方給合適的病人，以免浪費。在短短個多星期之內，兩款藥物的使用年齡下限，已從 70 歲快速下降為 60 歲。由於藥物仍未在本港註冊，所以醫生在開出處方之前，必須向病人詳盡解釋藥物的副作用，並徵求病人的口頭同意。

我相信在洪水滔天而來，很多病人未能即時入院之時，這些藥物或許能夠活不少已逝去的生命。但現在洪水漸漸退卻，病人住院問題已獲得初步解決，這些藥物的價值還有多少，我心存疑問。就如大部分人所說，Omicron 對年輕人沒有嚴重影響，體弱多病及從未接種疫苗的老年人，才是高危一族。到了這一階段，這些高危人士不是渡過危險時期，就是已經死得八八九九，死亡宗數也快將進入我之前預計範圍的七千至一萬之內，不可能再顯著飆升。現在才開始大量處方這兩種藥物，估計不會起到多大的減少死亡作用。

　　作為醫生，我一向對藥物的價錢比較敏感，可算得上是一種職業病。兩種美國藥廠的治療新冠藥物，一個療程都要數千港元，而內地製的「蓮花清瘟膠囊」，一個療程不過一百元，相差了最少五、六十倍。我十分期望那兩款藥物的效能，比國產藥物也高出五、六十倍。

驕兵必敗

　　星期四，春雨綿綿，雨從昨天開始就沒有停止過。早上驅車離家的時候，遠山在煙雨中一片迷濛，羣山的頂端被一團團的白色濃霧掩蓋，山脊的輪廓消失得無影無蹤。

　　今天雖然不用上班，但一整天的活動仍舊和醫療有關。先是早上 9 時和太太帶同兩個孩子，前往私家診所接種第二劑科興疫苗。接着，全家人一起到中學同學開設的私家眼科診所，作一年一次的例行眼科檢查。我和該名舊同學出身寒微，30 多年前一同就讀草根階層的中學。當時那所中學算不上甚麼好學校，但我們那一屆卻打破了以往歷年最好的成績。包括我在內的幾名同學，分別考進本港兩所大學的醫學院，創造了一屆最多人成為醫生的紀錄。自此以後，母校就成為了該區的名校，吾等與有榮焉。檢查完畢後，一家人兵分兩路，我負責開車送兩個孩子回家，太太就自行前往我工作的醫院覆診。送完孩子回家後，我馬不停蹄地驅車到醫院，陪伴太太看完醫生，才一同返家。一天下來，雖然不用工作，但仍勞累至極。

　　上大學的時候，我接受的是典型的西方教育，學習的是西方醫學理論和技術。畢業後投身醫學界，也超過了 20 年。就如今天一樣，我向來對西方醫學深信不疑。在香港這個國際大都會，我相信

有很多人和我一樣，嚮往西方的生活，認為西方就是先進的代名詞，對西方的管治方式也絕對認同。但到了新冠病毒在世界範圍內爆發，而且目睹本港這次第五波疫情肆虐之後，我無法不對西方醫學產生懷疑，對歐美政府的信心出現動搖。

2019 年新冠病毒首次於武漢爆發後，中國政府採取果斷而有效的防疫措施，把疫情在兩個多月之內迅速遏止，我滿以為新冠病毒也就不外如此。世界有了 2003 年處理非典的前車之鑒，當前亦有中國的鮮明例子，我曾幼稚地認為只要跟着中國的防疫措施進行，就應該不會出大問題。到了新冠病毒在美國和歐洲為禍的時候，我才被那些國家和醫療系統的行動嚇傻了眼。他們眼見武漢在疫情初段死了那麼多人，如洪水般湧進醫院的病人也曾導致醫療系統崩潰，竟然膽敢採取與躺平無異的防疫措施，有些國家甚至一開始就高調宣稱推行羣體免疫手段，等待疫情在大部分國民受到感染後自行退卻。

這些讓人摸不着頭腦的做法，顯然與醫學教科書上的傳染病學理論相悖，和西方醫學理性客觀的特點南轅北轍，完全摧毀了我的三觀。在仍有機會遏止病毒擴散的疫情初階，就採用寬鬆的防疫方針，根本就是置國民生命健康於不顧，講得難聽一點就是視生命如草芥。

孫子兵法有云：兵者，國之大事，死生之地，存亡之道，不可不察也。

抗疫本是一場戰爭，是一個國家與病毒之間的對決。在戰爭仍

未打響，對敵情尚未掌握透徹的時候，就已經輕視對手，草率地認為自己可以取得最後勝利，一早就犯上了驕兵必敗之大忌。

到了兩陣對圓，正式交鋒，新冠病毒漫山遍野掩殺過來，趾高氣揚的歐美國家鏖戰只一回合，已毫無招架之力，被殺得兵敗如山倒，血流成河。

病毒兵臨城下，大肆殺戮，各國政府才開始懂得恐懼，方知已錯失了反敗為勝的最後機會。以後的戰鬥，只是城池一個接一個被病毒大軍攻破，無奈地被迫面對殘酷的屠殺而已。

最難以置信的是，某歐洲老牌帝國在兵荒馬亂的時候，礙於醫療資源匱乏無法應付眾多病人，竟派遣護士主動上門，向年老體弱卻仍未染疫的長者解釋，假若他們受到感染，政府不會向其提供任何治療。這是單方面的知會，而不是徵求同意，那些老年人完全沒有發言權。這種無恥的做法，毫無道德可言，可說是把西方國家最後一塊遮醜布也扯了下來。

雖然之後西方國家嘗試亡羊補牢，竭力研發疫苗和抗病毒藥物，但疫情仍不斷反覆，死亡數字依然觸目驚心。儘管以美國為首的西方醫學界，宣稱其研發的疫苗十分有效，可以大幅降低重症和死亡率，但美國在開始接種疫苗後死於新冠病毒的人數，已超過接種之前的數字。而且，死於 Omicron 的人數也高於 Delta。這是最好的證據，證明所有亡羊補牢的防疫措施，其效用遠較中國的方法低。恰巧今天是歷史性的一刻，據報美國死於新冠病毒的人數剛好超過了一百萬，正好作為西方傲慢與偏見的墓誌銘。

西方資本主義國家以為不採取中國式的防疫措施，就可以減輕經濟損失，就算犧牲人命也在所不惜。可惜最後結果向世人昭示，連這個目的也徹底落空。中國在封城兩個多月後，社會經濟發展就得到了全面的恢復，英美等國至今仍深陷疫情泥沼之中，無法自拔。

第五波疫情席捲香港而來，政府在防疫上明顯採用了西方的套路。有中國成功的途徑不走，也可能想走卻有心無力，就無可避免地複製了西方國家完整的失敗結果。無論受感染人數、死亡數字和經濟損失，哪一項不是與西方世界完美接軌。

實踐是檢驗真理的唯一標準。何種制度在抗疫上更優越，不言而喻。不服，也得服。

2022 年 3 月 25 日

少年時曾被孟子忽悠的作家

星期五，雨已經連續下了三天，雨勢卻沒有絲毫暫緩。厚厚的烏雲在低空漂浮，感覺觸手可及。

早上收到老朋友的電郵，要求我為一些文稿進行校對和修改，這必定讓我在香港這個多事之秋，更加忙得不可開交。

我從來都不是一個好逸惡勞的人，大概是因為年青的時候入世未深，容易受騙，誤信了「天將降大任於斯人也，必先苦其心志，勞其筋骨，餓其體膚，空乏其身……」的忽悠，以至多年以後仍無法自拔。孟子對其他人的影響我不能胡說，但對於我最直接的害處，必定是令我損失了很多悠閒的假期。

然而，這一切都是值得的。就是由於自小被他清洗了腦袋，我才有了足夠的動力，對世界作出孜孜不倦的探索。若非他在某個時空說過那樣的話，而我不幸在中學時期也讀過這段蠱惑人心的語句，在當上醫生之後，我也不會嘗試邁出爬格仔的第一步。

出版一本作品的歷程，就彷如懷胎十月，最終生下一個肥肥胖胖的孩子，讓我即使不是一名女性，也能擁有當媽媽的那種滿足的感覺。從構思到撰寫，從校對到定稿，到最後把印刷好的完成品拿在手上，就好比經歷了懷孕期間的千辛萬苦，最後把嬰兒抱在懷中那般美妙和夢幻。

由於第五波疫情驟然席捲香港，才令我臨急抱佛腳撰寫起這本日記，希望藉此見證香港艱難的一段歷史。

我突然忽發奇想，暗忖〈少年時曾被孟子忽悠的作家〉和荷里活電影《少年 Pi 的奇幻漂流》，或許有着異曲同工之妙。

2022 年 3 月 26 日

螻蟻與蜉蝣

　　昨夜下班後，凌晨 12 時才回到家裏。今天下午才上班，但昨晚已把鬧鐘設定在 8 時響鬧。用了多年的鬧鐘不負所託，如期完成了它的任務。雖然離上班還有幾小時，但我絲毫不敢賴牀，因為心裏知道有排山倒海的工作等着我去做。

　　從今天開始，我既要繼續醫院的日常工作，又要寫《為了忘卻的記憶》，更要為其他文稿完成校對和修改任務。未來的兩三個星期，預計會忙得連喘息的機會也沒有。

　　當警察的朋友早上透過手機應用程式，傳來一篇某本地網絡名人刊載於媒體上的文章。文章中提到以下內容：

　　執筆之時，香港因新冠死亡的人數已達 6962，天天看，大家已對數字失去驚心動魄的感覺，只有死者家人才會尚存痛感，而我，就是這 6962 分之 1。

　　上星期爸爸離世了，之前他跟媽媽一起染上新冠，兩老躲在家隔離，媽媽好轉了，爸爸離去了。

　　那夜趕到醫院，爸爸已在急救室返魂乏術，護士問我們要不要進去？不過事先警告，裏面全是屍首。我不介意，進去跟爸爸遺體告別，瞥見旁邊的病牀，全是一個個沒了呼吸的老人，有的蜷曲身體、有的死不瞑目、有的張大了口，急救房內，沒一條生命是活的。

急症室走廊站滿飲泣的家人，是的，這裏所有人都站着，因為此處橫七豎八擠滿病牀，根本放不下椅子。

醫生叫我們在外邊等，等甚麼，沒具體說明。他們忙得暈頭轉向，我們也不好意思追問，結果一等就是三小時。

我們站在非感染區，但根本沒辦法阻隔感染者出出入入。有個女人出來找廁所，護士捉着她說：「你是感染者，不能進入此區！」沒多久，這女人又靜靜溜了出來，在非感染區四處蹓躂。

一個精神恍惚的老人，身上只披着一件藍色圍裙款式的保護衣，沒穿衫褲四處走。背部露出的屁股包了一條尿片，走了幾圈後，尿布脫落在地，附着一坨屎。那坨屎，全急症室的人都看見，但都裝作看不見。

之後我女兒趕來看外公最後一面，護士領我們到了另一病房。打開門，極低溫的冷氣襲來，遍地都是遺體，全用白牀單木乃伊式包裹着。小房間的地上躺了十多具，應該是跟爸爸差不多時間過世的死者，還未計早上的、下午的、黃昏的……

這些，都是 6962 分之 1 的新冠死者，但其實，這幾個月丟命的豈只這些？

在急症室等候期間，救護車送來一個下體流血的女子，她痛苦地躺在牀上，卻被當值醫護截住：「這醫院沒婦科，現在我們沒人手，希望你明白，我不是不收你，不如你去瑪嘉烈醫院吧。」

「救傷車可送我們去嗎？她動不了。」病人家屬問。

「不，他們工作已完成，你們要自己坐出租車去。」

「嚇？」不僅病人及家屬，連站在旁邊的我們都禁不住「嚇」了一聲。

有朋友說，認識一個每星期要進行血液透析的腎病病人，因醫院迫爆，洗腎服務被逼暫停，病人已幾星期沒有洗腎了。

試想想，那下體流血的女子、那不能洗腎的病人，如果他們有甚麼三長兩短，一定不會算進新冠頭上去。問題是，我不殺伯仁，伯仁因我而死。這段日子，有多少不是得了新冠但被新冠拖累延診的病人離世？有人知道嗎？有人關注嗎？

首先，我對於作者失去至親，感到十分難過和同情。過去的幾星期，我跟不少死者的家屬宣佈過死訊，一些是面對面說的，另一些是在電話中說的，有時候一天要說上三四次。面對眾多生離死別的故事，我深刻的感受到在無法撼動的大自然力量之前，位處生物界最頂端的人類只如螻蟻與蜉蝣，力量微不足道，甚至連負隅頑抗的能力也沒有。

平常，我甚少認同網絡紅人的意見，但這次我是百分之一百同意這篇文章的描述。她說的都是事實，只是作為醫護人員，有些事情不便公開。這個網絡名人的親身描述，正好讓過往數星期沒有機會到過醫院的市民，可以直觀地感受醫院中的悲慘世界。就連我在醫院工作了那麼多年，也從沒想像過如此淒慘的景象，竟會在這個先進城市的醫院內看到。

今天天公造美，下了三天的雨終於停了，天空灑下金光閃耀的陽光。這或許是一個好的兆頭，醫院的求診人數稀少，我整天也沒

遇到過送抵前就死亡了的病人。過去幾天，由於病人可以迅速入院，我們也不需急於為剛抵達的病人決定「不作搶救」了。

今天新增 8841 宗確診個案，是自 2 月 24 日以來首次跌破每天一萬宗的日子。死亡數字則新增 139 宗，也是幾星期以來首次跌破單日 200 人。

2022 年 3 月 27 日

重獲新生的香港

「Cardiac arrest（心臟停頓）！」

搶救室門前忽然傳來護士突如其來的驚叫。我朝着那個方向望過去，瞥見三名救護員合力把抬牀推進搶救室，其中一人正吃力地做着心外壓。抬牀上的病人攤開無力的雙臂，已失去了生命的氣息。

身邊的幾名醫生和護士一擁而上，向着同一個方向全速奔跑，不用三四秒就衝進了搶救室。我急忙轉向身旁儲存醫療物資的鐵櫃，打開下層的抽屜，從裏面拿出黃色的防護衣，像盔甲一樣往身

上披掛整齊。

我急步走進搶救室，已有三名醫生和大約四五名護士圍攏在病牀周圍。我是今天診症區裏最高級的醫生，隨即充當起指揮官的角色，指示眾人各就各位。一時間，打點滴的打點滴，抽血的抽血，準備藥物的準備藥物，準備急救器材的就準備器材，大夥兒全力以赴，忙中有序。

我回過頭來步出搶救室，向在門外焦急守候的病人親屬，詳細地查詢了病歷。獨居而且患有多種嚴重疾病的年老病人，在登上救護車時仍有知覺，卻在送抵醫院前的幾分鐘，突然心跳驟停。救護員見狀，隨即在車上施行心外壓。

了解過前因後果之後，我重新回到搶救室。放置在病人胸膛上的自動心肺復甦機，正以每分鐘約 100 下的頻率上下按壓，竭力嘗試着挽回他的性命。站在病人頭部附近牀邊的那名女醫生，正拿着膠囊活門面罩復蘇器，使勁地把空氣擠進病人的肺部。

「我們 tube 了他。」我高聲地發出插喉的指令。

負責協助呼吸的那名女醫生隨即讓我接手。我站到了她原本的位置，拿起膠囊活門面罩復蘇器，幹起了她本來的工作。

「我要 C-MAC、4 號 blade、8 號 ET tube、elastic gum bougie。」我以適中的節奏，逐一向護士說出我需要的醫療用具。C-MAC 是本港在進行插喉程序時常用的影像喉頭鏡，ET tube 是氣管內管，而 elastic gum bougie 是一條長長的樹膠探條。這些都是插喉必備的工具。

當一切準備妥當之後，C-MAC 影像喉頭鏡的螢光屏上，出現了病人氣管入口的影像。接着，我把 ET tube 輕易地放進了氣管之中。在測試了 ET tube 的位置正確無誤之後，護士把它穩穩地固定在病人嘴巴的一角。我則把人工呼吸機的設定調節妥當，然後把 ET tube 接駁上人工呼吸機。隨着呼吸機開始運作，病人的胸膛也跟着設定好的頻率上下起伏。

我們依據指引，每三分鐘注射一次腎上腺素，也因應心臟除顫器上顯示的心電流活動變化，適時對病人進行了電擊。除此之外，也參照病人的血液快速化驗結果，相應地注射了多種藥物。

病人在失去意識的那段時間，可能毫不察覺我們這些與他素未謀面的人，曾經使出所有的招數與死神拔河，用盡所有的力氣與閻王拉鋸。對他而言，那段時間可能極其漫長，也可能瞬間就過，我們無法得知。然而，我們清楚知道，他在喪失心跳 25 至 30 分鐘之後，是所有現場醫護人員的不懈努力，最終把他從鬼門關前拉了回來。

這是數星期以來，我首次為一名送抵醫院前已心臟驟停的病人插喉，也是第一次暫時救回了這類病人的性命。雖然我不知道他最後能否活着出院，但至少是一個令人振奮的結果。今天，我一共遇到三名這類病人，全部都被證實受到感染。當中共有兩人被成功救活，並由工作人員送進病房，進行後續的治療。

以香港的醫療技術和人員質素而言，在第五波新冠疫情來襲之前，這種成功的案例並不罕見，無須大驚小怪或沾沾自喜。但在驚

濤駭浪般的災難時期，根本就沒有足夠的資源和人手，為這類病人進行長時間的搶救。過去的三四星期內，大部分這類病人被送抵醫院後，不幸地都難以獲得任何搶救機會，很快就會被主治醫生證實死亡。今天能夠如常地展開搶救行動，已經很好。

今天對我來說，是歷史的轉捩點，帶給我香港重獲新生的最直接感受。

2022 年 3 月 28 日

《卡桑德拉大橋》的啟示

昨晚微博上的一則消息，讓我想起了孩童時代看過的一套經典電影 The Cassandra Crossing。這套電影在 70 年代也曾於內地上映，譯名為《卡桑德拉大橋》。在那個年代，內地甚少上映西方的電影，所以觀眾在看到影片中歐洲那些美輪美奐的景物、衣着和火車廂時，馬上歎為觀止。該片在內地甫上映即風靡一時，獲得巨大成功，時至今日仍舊是不少中國人的集體回憶。

電影的主要內容是說，三名恐怖主義組織成員，襲擊了位於瑞士日內瓦的國際衛生組織總部。在施襲的過程中，其中一名生還的成員意外感染了生物實驗室內的一種致命病菌。那名恐怖分子偷偷爬上了一列由日內瓦開往瑞典首都斯德哥爾摩的國際快車，導致車上的乘客陸續受到感染。

有關當局在得知消息後，急忙調派士兵登上並接管了這列列車。由於病菌具有高度傳染性，而且極為致命，恐怖分子稍後也不治身亡，當局於是下令把所有乘客隔離在高速行駛的列車上，任何人都不能下車，並刻意把目的地由斯德哥爾摩改往波蘭境內一個荒廢已久的車站。制定該計劃的美軍指揮官心裏知道，那列列車應該到不了終點。如果車上乘客都死了，病毒就不會再有外泄的風險。

《卡桑德拉大橋》由李察哈里斯和蘇菲亞羅蘭兩位著名演員主演。李察哈里斯飾演的醫生，不但在車內照顧受感染的乘客，更與其他人搶奪了士兵的槍械，與車上的軍人展開殊死搏鬥。

到了影片的結尾，當列車駛經日久失修的卡桑德拉大橋時，前半段的車廂隨同鐵橋墮入河中，乘客和士兵全部身亡。兩名主角所在的後半部分車廂，因及早脫卡得以在斷橋前停了下來，車上乘客幸運地保存了性命。

這套電影有很多畫面都深深地印在了我的腦海。那列典雅的歐洲風格國際列車，使我從此成為了一名鐵路迷。然而，若論讓我最印象深刻的情節，當屬醫學隔離這個概念。

醫學隔離這個傳染病學上的概念，明顯在西方世界早已有之，

否則這套電影也不會存在。我從電影中得到這個觀念，比我在醫學書籍上讀到該種手法，足足早了十多年。只是不知何故，到了新冠病毒在西方國家大爆發，他們的政府在看到中國成功以隔離方式迅速遏制疫情後，似乎忘記了這套經典電影的橋段，因而造成了不可挽回的慘痛損失。最新的一個例子，就在眼前的香港。

香港政府在數天前宣布了新的防疫政策，暫緩了討論已久的全民強制檢測。之後，一些支持政府這種做法的個人和團體，就拿着中央專家的意見說事，聲稱連內地也已經改變防疫策略，不會再貿然封城，香港就更不應該推行全民強制檢測。

我對這些論調頗不以為然。香港並非不需要全民強檢，只是早已錯過了全民強檢的最佳時機，現在再推行也不會得到預期的效果。另外，我仍深信，若果需要採取全民強檢或封城等措施，內地會毫不猶豫。

然後，讓我想起《卡桑德拉大橋》這套電影的消息就來了。根據微博上的信息，從今天清晨 5 時起，上海市以黃浦江為界，分區分批實施核酸篩查。這可以被視為局部性的封城措施。

其實上海市進行分段性的全民檢測，也在意料之中。從 3 月 1 日起，深圳和上海這兩個中國首屈一指的現代化都市，就陸續檢測到零星的確診個案。隨後兩地的確診數字慢慢上升，但以上海較多。深圳市政府從 3 月 14 日起，果斷推行為期七天的封城措施。到了十日之後的 3 月 24 日，深圳市單日確診人數降為 3 人，而上海市則大幅飆升至 1609 人。讓這個情勢繼續發展下去，將會重蹈

香港的覆轍。

掌握了這些背景之後，上海市作出局部封城措施就不難理解了。雖然，Omicron 的病死率只有 0.3-0.7% 左右，但上海若有 1000 萬人受到感染，就可能導致四萬餘人死亡。封城和隔離是直到現時為止，被證明為最有效的防疫措施，可以大幅減少感染和死亡數字。上海是中國最重要的經濟中心和交通樞紐。誠然，封城要付出巨大的經濟代價，但不封城任由疫情擴散到全國各地的話，不論政治、經濟，還是生命的代價，都是無法估量的。

如果疫情失控，誰會負得起這個責任？難道所有的中國城市都像香港一樣嗎？

衷心盼望上海可以盡快回復正常。

難得一見的平安夜

剛踏進 29 日凌晨零分，開始了新的一天，候診大堂裏一個病人也沒有。所有的診症室空空如也，我和兩名年青的醫生，全都可以坐下來歇息一會，盡情享受片刻的安寧。身邊站着的七名護士，都神色自若地攀談着，和三四星期前的緊張狀態相比，今天醫院的氣氛有了翻天覆地的變化。

如果不加以解釋，單看今晚的情景，沒有人會料到香港仍受困於第五波疫情的漩渦，尚未全身而退。整個診症區域沒有一個病人的情況，已多年未曾遇見。不過，每次香港發生嚴峻的疫情，如上次 2003 年沙士時期，候診大堂都總會出現空無一人的奇觀。這從側面可以反映，平常濫用緊急醫療服務的情況有多麼嚴重。當致命傳染病流行的時候，平常蚊釘蟲咬、頭痛暈眩、嘔吐腹瀉、跌倒扭傷等輕微的病症，大部分都會在急診部門消失。這說明市民知道，這些情況是不需要到醫院看急診的，平常急診醫療部門其門若市，只是太方便、太便宜而已。

今天晚上當通宵的夜班，和另一名年輕醫生一同負責本區數十萬人的安危。幸好今夜難得一見的清閒，大家可以盼望一個平安的晚上。

雖然在室內看不到天上的明月，但我的心早已和北宋大文豪蘇

東坡先生連在了一起。

　　轉朱閣，低綺戶，照無眠。不應有恨，何事長向別時圓？

　　這是今晚當值時心情的最佳寫照。

一個醫生的傳奇

　　從今天開始，一連有六天的假期，這是做夢也想像不到的美事。

　　早上起來，梳洗完畢，馬上坐到電腦跟前，興致勃勃地着手進行文稿的校對工作。

　　未幾，手機的鈴聲驟然響起，原來是酒店職員打來，和我確認早前申請的酒店住宿已獲批准，並指示我依照程序辦理入住手續。

　　早在年多前香港爆發第一波疫情的時候，有關當局為了穩定醫護人員的軍心，向身處抗疫第一線的員工提供了多項福利措施。奮戰在抗疫最前線的醫護人員，由於要直接參與診治染疫的患者，容易在工作期間受到感染，因此被歸類為高危區域工作職員，合符資

格獲取各種員工福利。這些福利包括：

1. 累積工作滿 14 天，即可獲得一天額外的休假。

2. 每一個工作天，可以按比例額外獲得相等於約為日薪 20% 的現金津貼，以港幣 500 元作為下限。醫療系統中薪酬水平較高的醫生，按比例最高每天可獲得 1100 多元的津貼。

3. 加班時薪比較正常時期增加 20%。

4. 可以申請租住酒店的津貼，避免和家人同住而引發家居感染。該項津貼固定為每天港幣 500 元。

由於這些福利措施，公共醫療系統內前線員工的收入增加了不少，因而士氣尚算不錯。可能不想錯失這些誘人的津貼，大部分早前聲稱要罷工抗疫的年青人，當時連病假也請少了。

香港的疫情在過去一年多的期間，基本上已受到控制，這些津貼也在約一年前被悉數取消。時至 2 月初第五波疫情再現，當局又陸續重啟部分津貼，但時至今日才批出酒店住宿安排，卻讓大部分人產生姍姍來遲的感覺。今天受感染的人數已降低到 7000 人以下，和三月初連續三天高於五萬人的峰頂相比，已大幅回落。公立醫院內不但有很多職員受到感染，而且大部分已經康復及復工。既然要感染的都感染了，剩下未被感染的再受感染的風險也極低，現在才批出租住酒店津貼，看來對於減低員工的家居傳染效果不彰。錢是花了，如果起不到大作用，豈非浪費了公共的資源？公共醫療系統的管理層是怎樣想的，恕我這些只懂治病醫人的小職員無法理解。

到了下午，當我仍聚精會神進行校對工作的時候，上完學校網

課的小魔怪蹦跳着走進睡房，在我身邊站了一會兒後好奇地發問：

「Are you writing？（你在寫作嗎？）」

「Yes, I am.（是的。）」我只是敷衍了一句。

「What book are you writing？（你在寫甚麼書呢？）」還未滿七歲的小魔怪繼續糾纏，對於這樣會阻礙了父親的進度，似乎毫不在意。

「I am writing a story book.（我在寫一本故事書。）」我把答案當成武林秘笈般隨口胡說。小淘氣可能還未知曉，在廣東話裏，「隨口噏，當秘笈」是胡說八道的意思。

「Is it a story book of a legend？（那是一本傳奇人物的故事書嗎？）」小魔怪像戰鬥機飛行員一般，和我展開了狗鬥。

「No, I am writing a story of a doctor.（不是，我在寫一個醫生的故事。）」如果老二選擇繼續糾纏下去，將要迫使我發射空對空導彈將其擊落。

「Are you writing the legend of a doctor？（你在寫一個醫生的傳奇嗎？）」老二以為自己駕駛的是隱形戰鬥機，我的導彈打它不着。

但是剛才的那個問題霎時間觸發了我心靈的震動。

「Yes, I am. The legend of a doctor!（是的。一個醫生的傳奇！）」

我突然發覺小魔怪有成為一名作家的潛能。這個書名比我原來起的那個，好上不知多少倍！

在這個晴朗的春日午後，兩代魔怪之間展開了一段饒有趣味的對話。小魔怪近些天來一直嚷着要我將其寫進書裏，今天終於得償所願。

死亡數字之謎

今天晴空萬里，陽光普照，是過去十多天來難得一見的好天氣。

疫情持續放緩，連續第二天確診數字少於 7000 宗，新增 6646 宗病例，累計 114 萬 4784 宗個案，再添 119 人離世，累計死亡數字為 7612，病死率約 0.66%。這個病死率放諸全球，都是最高的一個。

這麼高的一個病死率，對政府來說十分尷尬，因為這間接代表了防疫工作的不力，也必然成為反政府人士用來攻擊政府的絕佳借口。

在這個泛政治化城市之中，那些為反而反的人在第五波疫情尚未爆發之前，就不斷聲稱 Omicron 只是輕微的流感，死亡率不高，所以政府不應大費周章採取嚴厲的防疫措施。到了疫情洶湧來襲，至今 7000 多人染疫而亡，謠言在殘酷的事實面前不攻自破後，他們卻又另找藉口，試圖以另一個謊言掩蓋之前的騙局。

他們當中的一些人現在反轉了 180 度，猛烈抨擊政府的防疫工作失敗，甚至荒謬地批評政府沒有汲取西方國家的經驗，才導致如今一敗塗地。這是最匪夷所思的論調，如果真要吸取經驗的話，港府也應該吸取中國的吧。香港就是跟隨了西方的那套做法，才導致今天的遍體鱗傷。

另外的一些人卻說，那 7000 多名死者並非全部死於新冠病毒，政府極力把死亡數字推高，只是另一種恐嚇市民的陰謀。可能出於回應這種說法的需要，在醫護工作壓力稍為緩和之際，各醫院被要求重新審核過往數周死亡病人的真正死因，是否與新冠病毒有關。

　　之前在入院前被證實死亡的病人，循例要接受一次快速測試，結果若是陽性的話，就會被呈報為新冠病毒的死亡個案，被統計在那 7000 多宗死亡案例之內。這種統計方法確實存在瑕疵和漏洞，不能準確反映因病毒而死亡的真實數字。在醫學上，因某種病致死與死亡時患有某種病，是兩種截然不同的概念。一個人患了新冠病毒，可以因病毒喪命，也可以由其他原因導致死亡。例如，一名確診者遭遇嚴重的交通意外去世，死因應是由創傷引起的出血或主要器官損傷，而並非新冠病毒。如果硬要把死因歸咎為 2019 冠狀病毒病，顯然極不合理。其他較容易理解的例子也包括自殺和謀殺。

　　雖然如此，大部分被證實染疫的人，其死因都是與病毒有關的。經調整後的結果，與現時公佈的數字應該相差不遠。相反，那些本身沒受感染，卻因較早時醫療系統崩潰而去世的人，具體數字可能永遠石沉大海，無法統計。道理其實很簡單，例如當時救護車服務受到大幅影響，若干嚴重交通意外的傷者，以及在醫院以外失去生命跡象的人士，都要由另一區的救護車跨區送院。浪費在路途上的時間，每分每秒都在減低患者的生存機會。這些例子，不勝枚舉。這些死者並非確診者，所以不會被包含在死亡數字之中，但他們卻是因新冠病毒而死的。我雖不殺伯仁，伯仁因我而死，就是這

道理。

把每名死者的正確死因辨別清楚，政府有道義上的責任，醫院亦有醫學專業上的責任。另外，在法律和保險賠償的層面，亦有這方面的需要。然而，因為政治立場上的分歧而把死者騎劫為攻擊政府的工具，那是對死者的大不敬，無疑是最卑鄙的手段，在所有自由民主國家都絕無可能為人接受。

或許，只有對民主自由一知半解、似懂賣懂的人，才可能儲滿足夠的勇氣，說出如此大義凜然的話。

2022 年 4 月 1 日

愚人節

今天是西方的愚人節。上蒼在今天也恰如其名，曾經數次無情地捉弄世人。

21 年前的今天，中國人民解放軍海軍航空兵王偉少校，為了保衛中國的國土安全，駕駛 81192 號殲 -8II 型戰鬥機升空執行攔截

任務，與一架入侵海南島附近空域的美軍 EP-3E 電子偵察機發生碰撞，跳傘後和戰鬥機一同墮入海中，事後一直不知所蹤。這個事件此後一直是中國人民心中永久的傷痛。

21 年匆匆過去，今天王偉少校可以安息了。中國空軍現在有了更好的戰鬥機，也成為世界第二強大的空軍，擁有足夠的能力更好地保衛中國的天空。

19 年前的同一天下午，我駕車駛經中環的文華東方酒店，看到大門外的地上放置了幾束鮮花，心裏還納悶究竟是何原因。當天稍後聽同事說起，才知道人稱哥哥的天王巨星張國榮，剛在我經過的那間酒店墮樓身亡。那一年香港的娛樂圈損失了很多知名的巨星，令人十分唏噓。八個月後，形象百變的女歌星梅艷芳亦隨之而逝。

從昨天開始有一連六日的假期，今天一家人到迪士尼樂園酒店住宿兩天。兩名孩子自幼就十分喜歡迪士尼樂園和相關的物品，這所酒店對二人一點兒也不陌生，已經來過十多次。迪士尼酒店古雅的歐陸式建築風格，與經典電影《時光倒流七十年》(*Somewhere in Time*) 中那所酒店的外貌，十分相似。

這次入住，感覺和以前極不相同，沒有以往歡天喜地的氣氛，只剩下冷冷清清的印象。酒店內住客稀少，紀念品商店內全無人氣，餐廳在 6 時之後空無一人，就連從客房陽台望下去，那個讓我們留下過無數歡欣回憶的泳池，池水也早已被抽乾，只剩下一撮撮黃葉堆積在池底。雖然過去兩年疫情期間，也曾入住過同一間酒店幾次，但沒有一次像如今一樣，竟然令人在夢幻樂園裏產生悲涼的

感覺。

晚餐的時候在酒店餐廳叫了外賣，要求服務員送來餐桌，放置在房間外的陽台上用餐，一家人過了一個愜意的晚上。不經意間望下去，發現那間裝潢典雅的美式餐廳雖然燈火通明，但卻一個人影也沒有，令人不禁惆悵。

如果可以的話，希望時光可以倒流，莫說七十年，那怕七個月也好。那時候的香港，遠沒有今日的淒涼。

2022 年 4 月 2 日

覺醒年代

早上接到親戚的來電，說醫院剛打來，指我們一名年紀老邁的長輩情況已經轉好，詢問親戚會否同意為她插胃喉餵食。如果同意的話，再過兩三天就可以出院。

收到這個消息之後，本該是歡欣雀躍的，但我卻滿腹狐疑。

那位長輩患有多種極嚴重的疾病，兩三星期前確診新冠，需要

入院治療。昨天收到醫院的電話，指她入院前已不能自行進食，入院十多天都極少下嚥，情況愈來愈差，因此詢問親戚會否同意「不作搶救」的決定。

在新冠病毒肆虐期間，醫院是不接受親屬探訪的，所以親戚在病人住院十多日以來，仍未得以見她一面，無法掌握具體情況。況且，病人親屬是無法直接致電病房查詢病人情況的。因此，親屬基本上難以作出是否接受「不作搶救」這種重要的決定。我作為一名醫護人員，完全理解沒有人希望親自決定至愛的生死。那種心理壓力，不是每一個人都可以承受的。

親戚於是和我商量，我了解情況之後覺得十分奇怪。通常院方是在病人處於極端危殆的時刻，例如血壓很低、心跳很慢、血液含氧量很差，又或被診斷出無法搶救的危疾，例如嚴重的腦出血，才會跟病人親屬討論「不作搶救」的決定。但這次院方說的不是其中的任何一項，只是十多天不能進食，而長時間沒有汲取營養，整體狀況自然會不斷惡化。要解決這個問題十分容易，只需為病人插進胃喉餵食就可以。於是我建議親戚詢問主診醫生，病人入院後有否為她插胃喉。如果沒有，可以要求他們這樣做，至於「不作搶救」的決定，可以容後再說。

只過了一天，親戚今天就收到了另一名職員的電話，所說的話和昨天相比有極大的分別，而且也較為合理。

對於院方兩個截然不同的評估，我不禁產生了兩個疑問。首先，昨天為何要家屬作出「不作搶救」的決定？其二，如果親戚昨

天作了這個決定，病人仍會好轉得這麼快嗎？

在思考答案的時候，我想起了一位在美國定居了 30 多年的中學同學。他大約一星期前透過通訊應用程式跟我說，他最近已中斷了所有美國收費電視台的合約，原因是他受不了電視台每天播放大量失實的信息，試圖清洗電視觀眾的腦袋。新聞和時事評論節目，無時無刻不在醜化俄羅斯，把黑的說講成白的，白的說成黑的。

我聽了這段話之後，大感錯愕，內心驚歎，這可能是美國人民的覺醒年代。

他還告訴我，美國式的教育把每一個人都塑造到十分自私。這是他的原話，我沒有妄加修改。每個人都自私的後果，就是每個人都極為自我中心，認為自己的想法就必定正確，若其他人的意見和自己有所出入，就一定堅持己見，不作絲毫妥協，也不願透過商討找出雙方都可以接受的結果。

我記起大約一週前，一名護士同事氣憤地跟我說，早前上班時碰巧遇到一些熟人圍爐取暖，嘻笑着戲稱香港在第五波疫情死了那麼多老年人也不算是壞事，至少老人院應會多了空位接收輪候的人。

或許，香港人也到了應該覺醒的年代。

雙城記

英國大文豪狄更斯在他的著名小說《雙城記》，曾以這段震古爍今的文字作為整本書的開頭：

那是最好的時代，那是最壞的時代；那是智慧的時代，那是愚蠢的時代；那是信任的時代，那是懷疑的時代；那是光明的季節，那是黑暗的季節；那是希望之春，那是絕望之冬；我們應有盡有，我們一無所有；我們直奔天堂，我們直奔地獄⋯⋯

把這段文字套用到現時深陷疫情漩渦的香港和上海，更能突顯狄更斯穿越時空的智慧和眼光。

早上在迪士尼酒店房間打開電視，第一則映入眼簾的新聞，是多位政府高官親自上門，向基層市民派發防疫包的情景。緊接着的下一個報道，行政長官在螢幕前表示，目前已經派發約 130 萬份防疫包，並呼籲全港市民於 4 月 8 至 10 日一連三日內，每日自我進行快速抗原測試，期望能早日切斷新冠病毒的傳播。該計劃只屬自願參與性質，檢測結果如呈陽性，可自行拍照在衞生署網上系統作出呈報。

這真是一次神級的操作，香港政府的高官一日內四出造訪基層市民家庭，盡顯愛民如子的執政風格，讓我有那麼一刹那，以為看到的是幾天前舉行的美國奧斯卡金像獎頒獎禮的重播。後來確認了

全都是中國人的面孔，才把我從夢境中的執迷不悟拉回到現實來。

我自問才疏學淺，因而怎樣也想不通，何以在第五波疫情的上升段不進行全民檢測，卻在疫情的末段進行仍非強制性的全民自行檢測，而且之後這種全民檢測將會再進行多一次。任憑那些專家如何一臉正經、咬文嚼字、正氣凜然地解釋，我對在疫情末段才進行全民檢測的論據仍舊一竅不通。疫情初段進行全民強檢，可以挽救生命財產，但在疫情完結的階段才做，可以挽救的是甚麼呢？是經濟，還是名聲？

電視螢光幕隨後播出了第三則新聞，說的是上海的防疫情況。新聞報道了上海的浦東新區新國際博覽中心方艙醫院，總建築面積超 30 萬平方米，設計牀位超過 1 萬 5000 張，經過八天的緊張施工後初步建成，已累計驗收 1 萬 0500 張，且有兩個場館投入使用，開始接收患者。上海的醫療組組長在接受訪問時指出，現時防疫工作的重點是「盡早隔離，盡早治理」。

比較兩個城市的防疫策略和辦事效率，我心裏自有評價。那八個字鏗鏘有力，在我的腦袋裏回響，久久不能散去。

到了晚上，報道稱中國人民解放軍派出衞勤力量 2000 餘人，支援上海市的疫情防控工作。一架國產的空軍運 20 型戰略運輸機，被上海市民拍攝到降落時的畫面。以此看來，上海的疫情似乎也不容樂觀。兩個城市，真要互相學習，互相汲取彼此的經驗。

擱筆之時，我已結束了三日兩夜的迪士尼酒店之約，重回了現實世界。

擁有特殊意義的一天

三月中旬，國家衞生健康委和國家中醫藥局聯合發布了《新型冠狀病毒肺炎診療方案（試行第九版）》。新版方案明確輕型病例實行集中隔離管理，並將「出院後繼續進行 14 天隔離管理和健康狀況監測」修改為「解除隔離管理或出院後繼續進行 7 天居家健康監測」。

適逢在第九版頒布的前後，香港政府宣布暫緩傳聞已久的全民強檢，一些政客和團體，甚至我的一些朋友，就根據第九版的修訂內容，聲稱內地已放寬防疫措施，將來不會再辦大型的全民強制檢測和封城，以此來引證政府的做法恰當合理。

基於醫生的專業觸覺，我知道第九版只是給醫生參考的診療方案，除了診療方面的技術問題，新修訂的方案不會包含政府的其他防疫手段。政府會否封城、禁足、全民檢測、戒嚴，還是動用緊急防疫法令，根本不需要明白寫在診療方案中讓醫生看。政府需要隨着情況變化，而執行相應的措施。

但不少人看到第九版，就以為那是往後防疫手段之全部，還誤認為中央不會再推行全民檢測或封城的舉措，那是完全曲解了第九版的原意和功能。但醫生知道第九版的功能，不會有過度的解讀。

內地現時並不具備星加坡那樣全面開放的條件，因為內地的基

礎醫療水平比西方國家還差很遠，ICU 牀位比西方國家仍少很多，而且仍有五千多萬老年人尚未注射疫苗。上海如果走香港的那條舊路，結果就會像香港一樣。從美國和香港的身上可以看到，忽視病死率輕微的新冠病毒變異株，是要付出嚴重代價的。（編按：2022 年 12 月中國內地疫苗接種率比香港更高，Omicron 的自然傷害力亦已大大降低。）

還未到中午，朋友已在電話的通訊軟件奔走相告，現任香港特別行政區行政長官較早前宣布，不競逐下屆行政長官之位。朋友們都表現出十分強烈的情緒反應，均表示今天在香港的歷史具有里程碑式的意義，亦期望香港迎來嶄新的發展機遇。

臨近中午的時候，太太突然說想帶孩子到海邊放風箏。聽到風箏這兩個字，我突然忽發奇想，希望藉此機會跟兩個小魔怪做一個實驗。

我煞有介事地問孩子，如果我拿着一張白紙放近嘴邊，我要向白紙的上面還是下面吹氣，才會讓白紙飄起來？

大小二怪像大部分人一樣，不加思索便雀躍高喊：「下面！」

「哈哈，都錯了，是上面！」我一邊說，一邊露出狡猾的微笑。

接着，我正襟危坐地化身為魔術師，把實驗做了一次，成功在兩人臉上掛起不可思議的驚訝表情。好奇心極重的大魔怪嚷着要我解釋原因，我趁機打蛇隨棍上，把飛機在空中飛行時所承受的四種力，分別為升力、重力、推力和阻力，都解釋了一次。

大魔怪令人發笑地問：「如果把一個動力很強的發動機綁在屁

股上，那個人是不是就可以飛到天上去？」

「不會，因為那個人沒有機翼，就沒有升力，他只會像汽車一樣在地上奔馳。」

「那麼是不是一定要有機翼，才可以飛起來呢？」大魔怪繼續發揮打破砂鍋問到底的精神。

我想了想，發現剛才給了老大一個錯誤的答案，於是連忙作出補救：「不是的，火箭並不需要很大的機翼，也可以飛起來。」

「那麼一部汽車如果加裝了機翼，可不可以飛起來呢？」老大沒完沒了地追問，看來一定要把我擊倒為止。

「世上真的有這種汽車，其實在很早之前就已經被發明出來了。」

兩人之間，在今天這個特殊的日子，進行了一段饒有趣味的對話。我跟老大說，其實答得出正確的答案，並不十分了不起，那只代表一個人懂得一些知識。如果懂得問一個有意義的問題，那就更屬害了，因為那不但代表一個人懂得甚麼，還了解自己不懂得甚麼，而且更想獲得正確的答案。

下午是實習課，我在西貢海邊把風箏高高地飛上半空，將中午講解過的升力作用在大自然中展現出來。

驅車回家的時候，突然記起兩天前是馬爾維納斯羣島戰爭爆發的 40 週年紀念日。那時我還很小，對於整場戰役認識不深。但不知怎的，我對阿根廷空軍的戰機發射飛魚空對海導彈，擊沉英國遠征軍的錫菲爾德號驅逐艦，印象卻極為深刻，一直記到現在。真不知道人的腦袋是怎樣運作的。

靈魂的哀號

昨天，我那一面稚氣的老大，在離家啟程去放風箏的那一刻，突然詢問媽媽當天是不是「下雨天」。太座對詩詞歌賦不太敏感，一時間想像不到大魔怪在說甚麼。

我一直認為自己是生活在過去的人，不太適合這個科技日新月異的時代，舞文弄墨才是興趣之所歸。我不用思索，就心有靈犀般感受到孩子的心思。

清明時節雨紛紛

路上行人欲斷魂

借問酒家何處有

牧童遙指杏花村

讀國際學校的老大口中的「下雨天」，指的就是清明節。

放了六天的假後，今天首次回到工作崗位，負責巡查部門所屬病房內的病人。

這個病房在過去數星期，曾被臨時改為需要高濃度氧氣的確診者等候入院的區域。在情況最惡劣的那段時間，病房裏大部分的老人，都被作出過「不作搶救」的臨牀決定，當中不少人最後進不了病房，在這裏走完了人生最後的旅途。我曾經在一個上通宵班的晚上被護士召喚進來，為兩名剛失去生命跡象的病人，進行核實死亡

的醫療程序。

今天回來，這個病房已經轉回正常的用途，負責收治病情並不嚴重的非確診者。現在疫情已大幅回落，過去一天的確診數字只有3200餘人，到醫院求診的病人也不多，確診者與非確診者的比例已扭轉過來。如今，收治確診者的隔離病房仍有大量空置牀位，反而容納非染疫人士的普通病房就人滿為患。這個病房回復本來的功能，就是為了紓緩其他專科病房的沉重壓力。

看着病房裏的四、五名病人，每人都狀況良好，神情輕鬆，心裏頗有感觸。我暗暗思量，躺在病牀上那兩名服藥自殺的病人，不知道她們身處同一空間，在夜闌人靜的時候，會否感應到剛逝去的靈魂在暗角低聲的哀號。

那些人，曾經十分渴望能夠活下去。

直擊心靈的拷問

這幾天，身邊不少朋友對上海疫情的發展都憂心忡忡。上海單日的確診數字，日前成倍增長至 1 萬 7000 宗，電視上也出現了當地居民購買蔬菜困難的畫面。然而，不少談得來的朋友對上海採取封城措施仍不以為然，甚至有所埋怨，認為多此一舉。

昨天，我在網上看到一名網絡名人所製作的視頻，內容主要聚焦於上海疫情防控方面出現的問題。當中他所表達的一個論點，和我在一個月前每天都遇到的情況十分吻合，所以讓我產生了強烈的共鳴。

他以直擊心靈的口吻拷問，如果上海躺平，採取與病毒共存的方式應對，以至數以百萬計的人受到感染，那麼作為一名普通人，你現在責罵封城時期很難買到蔬菜，難道你會天真地認為，到了大爆發的時候，你真是那麼容易等到住院的機會？真是那麼容易等到一部呼吸機？真是那麼容易等到一張 ICU 的病牀？如果等不到，你所等到的可能就只有死亡。與病毒共存，在全世界範圍死了那麼多人，原因就是這麼簡單。這就是封城最淺白的原因。

我和最好的朋友分享了這段視頻，好些人的心靈都受到了極大的震撼。對於香港變成人間煉獄的那段時間，大家仍心有餘悸，所以都認為他的話無法反駁。

香港到今天為止，已經有超過 8000 名確診病人去世。那些人在去世前病情都是極為嚴重的。如果新冠病毒只是大號流感，病人即使不到醫院求診，大部分也會自行痊癒，無論如何也不會導致如此多人死亡，更不會把醫療系統推倒。這就是最確切的證據，證明新冠病毒不是大號流感。

估計香港現在已有超過一半的人受到感染，而且高危族羣的人很大部分已經死了，政府唯有逐步放寬防疫措施，與病毒共存。從某個角度而言，香港在一定程度上已達致了羣體免疫。以後，即使有新的病毒變異，也不太像會產生同樣的殺傷力，因為我們有很大部分的高危人士已經被淘汰了。我們在疫情開始時並不希望如此，現在只是無奈之舉。這就是我們整天說的，「防疫已經錯過了最佳的時機」。

上海的情況和香港有很大的差異，到現在為止仍未錯過「防疫的最佳時機」。假若現在仍不採取封城措施，就會真的錯失最後的機會，變成另一個香港。但上海不能變成另一個香港，因為中國的整體醫療水平，仍比西方和香港有所差距，內地的 ICU 牀位和人口比率，仍比西方和香港差很遠，而且內地仍有 5000 多萬老年人未曾接種疫苗。如果讓病毒從上海擴散到全國，後果將會不堪設想。（編按：2022 年 12 月中國內地疫苗接種率比香港更高，Omicron 的自然傷害力亦已大大降低。）

一個城市爆發疫情，中央仍可以憑藉體制上的優勢，從其他地方抽調人員過來幫忙，但如果所有城市同時出現爆發，體制上的優

勢就不能發揮出來。要求整體醫療水平本來就不及西方國家的中國，力挽狂瀾於既倒，扶大廈之將傾，未免太強人所難。

我曾親眼見證不少老人家，就如那位網絡名人所說的一樣，永遠沒有機會等到入院的那一刻，沒有機會等到一部呼吸機，沒有機會等到一張 ICU 的病牀。他們把人生最後的一個動作，留在等候區擁擠的病牀，把生命最後的一口氣息，呼在診療室鬱悶的空間。

2022 年 4 月 7 日

被遺忘的繁華

今天工作的跨度橫貫兩天，中間夾雜着數小時的休息時間。上午的那幾小時比過去幾天忙碌，我感覺到這片熟悉的工作場地正開始漸漸回復正常的樣貌。

我在下午的休息時段回到酒店，酒店大堂的工作人員殷勤地送上卡普契諾咖啡，並誠懇地向我道謝。於是，我和他攀談了幾句，確定了位處鬧市中央的高檔酒店，整幢已被當局包了下來，改為醫

護人員的臨時居所。我在前天才開始入住，對這裏的環境和服務感到十分滿意。

從酒店高層客房的落地玻璃窗向外遠眺，香港心臟地帶的美景盡收眼底。是日萬里無雲，天空蔚藍得和眼皮下的海面同一顏色，美得讓人陶醉心動。附近山上峰巒疊翠，枝葉繁茂，使人心曠神怡。這個就是香港應有的面貌，是百多年來亞洲首屈一指地區的獨特舞台背景。可笑的是，如果不是疫情的緣故，我也不會捨得花一筆昂貴的酒店租金，在這個特定的空間感受置身都市中心的榮耀。

晚上睡醒，匆匆梳洗過後，急步離開酒店回醫院工作。晚上十時左右，香港的中心地帶一片冷清。街上路人稀少，大部分的店舖都打烊了，這和我過去對這一區的印象有天壤之別。我的腦海中剎那間升起了李清照的名句：

尋尋覓覓冷冷清清

淒淒慘慘戚戚

疫情過後，我願意以平民百姓的身份重回這裏，在同一條街上走走，享受這城市被遺忘的繁華。

第三章 重獲新生的香港

疫苗的因果對應

根據新聞報道，香港廉政公署今日落案起訴一名曾於社區疫苗接種中心任職的護士，以及四名來自兩個家庭的人士。五名涉案人士涉嫌假裝在該中心完成接種新冠疫苗，以串謀偽造疫苗接種紀錄。廉署落案起訴五人共兩項串謀偽造罪名，違反《刑事罪行條例》第 71 條及 159A 條。涉案的註冊護士現年 34 歲，其餘兩個家庭均有成員為其友人。

據悉，涉案兩個家庭的四名成員，於 2022 年 2 月 20 日前往社區疫苗接種中心，並到訪案件中護士的疫苗接種間。雖然她們沒有接種疫苗，但卻獲發出疫苗接種紀錄。其後，該疫苗接種中心的主管在存放已使用疫苗針筒的針箱內，起回四劑未經使用的疫苗。廉署發言人指，偽造屬嚴重罪行，一經定罪可判處監禁 14 年。

我對這個案件的記憶十分清晰。最初看到傳媒關於這個案件的報道時，感到難以置信。這種勾當不但違反護士的專業守則，一經證實或會被取消的專業資格，而且構成刑事犯罪的表面證據，甚至有被判處監禁的可能。

我對該護士犯上這種嚴重錯誤的原因，毫無頭緒。鑒於坊間對新冠疫苗的謠言和抹黑，一直以來都甚囂塵上，從沒有停止，所以她是一時魯莽犯下大錯，還是處心積慮協助他人逃避政府的防疫政

策，我無從知曉。我可以肯定的是，這個案件表面上是單獨的個案，但卻反映了香港某部分人士對疫苗的誤解和抗拒。

在香港還未開始接種疫苗之前，社會上就有不少質疑疫苗成效和副作用的聲音。疫苗開始接種之後，一些在網絡上的反疫苗意見領袖（KOL），就肆無忌憚地對新冠疫苗作出抹黑和攻擊。他們的意見不是以偏概全，就是完全沒有科學根據。我對他們的狂妄自大和不知從何而來的自信心，簡直佩服得五體投地，自問沒有他們那種膽量和面皮，公開說得出完全不負責任的言論。但不知何故，他們的影響力可能比一名醫學專家還要大。這也令我對墮進那些KOL 圈套的人的領悟力，不能不另眼相看。

雖然這些 KOL 的言論極為可恨，但某些專家的意見，反過來也真的令人費解。我還記得，當 2020 年本港獲得新冠疫苗供貨前，本地一名專家聲稱對副作用和安全性仍未十分了解，所以自己一年內不會接種疫苗，要觀察其他市民注射後的反應才決定。我和很多其他人一樣，在看了報道後驚嚇得只能大大地張開嘴巴，久久不能合上。專家都這樣說了，還有人擁有足夠的膽量一馬當先嗎？

本港市民可獲接種的疫苗只有兩種，一種是國產的，另一種是美國藥廠研發的。年多前展開疫苗接種計劃時，首先接種的是國產疫苗。由於接種該疫苗後，有為數極少的人士在一個月之內死亡。本地媒體於是大肆宣傳，或明或暗地帶動輿論風向，讓人產生死亡是由國產疫苗導致的錯覺。其實，在專業的醫生眼中，這種說法完全沒有科學根據。一件事發生在另外一件事之前，兩者之間未必存

有因果關係，這是簡單不過的事。難道有市民注射了國產疫苗，三星期後中了六合彩頭獎，傳媒會認為國產疫苗可以大幅提高中六合彩頭獎的機率嗎？

到了美國疫苗開始接種後，死亡事件亦隨之出現。大部分傳媒那時卻又視而不見，或只是輕描淡寫地兩筆帶過。其實，最具權威性的「美國疾病管制與預防中心」(Centers for Disease Control and Prevention，縮寫為 CDC) 的官方網站，一直有發布注射疫苗後的死亡數字。這個網站的資料，每隔幾天就更新一次。該網站也直接指出，注射疫苗後出現的健康問題，並不代表一定與疫苗有關，正好用來糾正各類謠言和謊話。但不知何故，香港的傳媒沒有幾個曾引用這個網站的資訊。

以下是「美國疾病管制與預防中心」的官方網站：

https://www.cdc.gov/coronavirus/2019-ncov/vaccines/safety/adverse-events.html

根據該網站最新的數據，在 2020 年 12 月 14 日至 2022 年 4 月 4 日之間，美國共接種了超過 5 億 6200 萬劑新冠疫苗，當中 1 萬 3853 人接報在接種疫苗後死亡。我有個疑問，如果本地傳媒知道這些數據之後，會否說美國的疫苗導致 1 萬 3000 多人死亡。

到了 Omicron 新冠病毒變異株洶湧而至，客觀的數字足以證明，兩種疫苗都能顯著降低病情的嚴重性和病死率。但到了上個月，警方查獲一間私家診所非法出售豁免疫苗接種證書牟利，竟發現了 800 多名寧願以金錢取代自身健康的「客人」。

各類層出不窮的失實信息、謠言和案件，導致香港的疫苗接種率偏低，可能就是第五波疫情中，8000 多人染疫身亡的其中一個主要原因。

昨天的因，今天的果。因果必有對應，天道自會循環。

2022 年 4 月 9 日

沒有例外

一名自稱居住在上海的網友，語帶挑釁地透過社交平台向我發問：「上海這波疫情已經 15 萬人呈陽了，只有一例重症，沒有死亡，請問何來要爭呼吸機？何來要爭 ICU 病牀？相反在現時的防疫路上，有多少冤魂是因為次生災害造成的？不要用 2020 年的腦袋思考 2022 年的問題，這是犯了經驗主義的錯誤，政治導向的防疫更危險。」

即使個多月前香港的慘況仍歷歷在目，但不少人依然認為上海的封城措施是錯誤的，甚至是政治凌駕科學的決定。

在明確表明自己是醫護人員之後，我心平氣和地回答：「我不知道你知否，Omicron 在美國的死亡人數多於 Delta，在澳洲曾引致醫療系統崩潰，如今在韓國仍導致每天數百人死亡，而且剛在香港創下全球最高的病死率。難道上海人的體質比所有這些地區都好？甚至比同為漢族的武漢和香港人都好？

上海和這些地區唯一的分別，就是封城封得早。這防止了上海醫療系統崩潰的情況發生。所以，上海人到現在仍不需要搶入院、搶呼吸機、搶 ICU 牀位。

這還不懂感恩嗎？都已經有那麼多活生生的例證了，還認為上海人會例外嗎？」

他說：「不是例外，也不是優待，而是上海疫苗率比較高。」

我簡單地回了一句：「美國不高嗎？」

然後……他就再沒說話了。

Omicron 比流感輕微的悖論

　　無論在香港還是上海，抗拒諸如全民強檢和封城等嚴密防疫措施的人，其中一個所持的理據是 Omicron 新冠病毒變異株的死亡率很低，甚至比普通流感還低，所以根本不需要採取他們眼中的極端防疫手法。

　　今天，我無意間看到內地一篇刊登在《經濟日報》的文章，題為《【科創之聲】動態清零才是尊重科學》。作者對以上那種說法，作出了極具科學性的批評。不看則已，一看如雷貫耳，驚為天人。我對文章作者的清晰思路佩服得五體投地，禁不住要猜測她是否具有醫學背景。文章的重點內容節錄如下：

　　躺平共存派有一個流傳甚廣的說辭：奧密克戎死亡率比流感還低，沒必要再嚴密防控。這是沒有科學精神的胡扯，混淆了死亡率和病死率概念。

　　死亡率關注社會風險，統計某年度因某種疾病而死亡的人數在社會全體人羣中的佔比。病死率關注個人風險，統計因某種疾病而死亡的人數在該病所有患者中的佔比。社會防控策略的選擇主要看死亡率，個人防治策略的選擇主要看病死率。二者很多時候不一致，傳播力強病死率低的疾病，常常比傳播力低病死率高的疾病造成更多的人死亡，需要更嚴格的社會防控。

人們常說的奧密克戎死亡率下降，其實是指病死率下降。從目前數據看，奧密克戎的病死率比德爾塔低，但死亡率要比德爾塔高。

一直走共存路線的美國，2020年新冠流行，月均死亡3萬多人；2021年阿爾法和德爾塔流行，月均死亡4萬多人；2022年第一季度，奧密克戎流行，月均死亡5萬多人。

這只是粗略估算，因為死亡率和病死率的統計通常以年為單位，奧密克戎才流行了幾個月。但無論如何，躺平策略下，奧密克戎的死亡率都遠遠高於流感，二者根本不在同一個數量級。比如中國香港，今年剛過完第一季度，這波奧密克戎疫情已造成8000多人死亡，而在新冠流行之前的那幾年，香港每年因流感死亡的人數最多300多人。

我在本港第五波疫情爆發前寫的一篇文章，亦即本日記的引子，早已直接道出了這個概念，並且準確預測到今天的結果。

當時，一名剛畢業的年青人和我爭論，說一種傳染病嚴重與否，只需看它的病死率，其他的一概不重要。因此，面對Omicron，香港政府只需要像西方國家那樣，採取與病毒共存的對策就可以。我跟她說，我們面對的是一種傳染力極強的傳染病，如果像她大聲疾呼那樣躺平的話，估計會有很多人受到感染。即使Omicron變異株的病死率很低，但由於受感染人數的基數龐大，兩組數字相乘之後得出的絕對死亡人數必定很高。很高的死亡數字就形成了一個很高的死亡率。那麼這種傳染病究竟是嚴重還是不嚴重呢？

舉一個簡單的例子，如果今年本港另有一種傳染病，它的病死率高達 100%，但傳染性卻極低，全年只有兩個人受到感染，而且最後都死了。那麼相對於已經導致 8000 多人死亡的 Omicron，是這種染上後必死的傳染病嚴重，還是病死率只有 0.7% 的 Omicron 危險？哪一種對公眾的生命財產危害更大？哪一種更需要政府全力應對？

誠然，Omicron 頗低的病死率會放過大部分健壯的年輕人，讓他們逃出生天，但卻會令體弱色衰的老年人死傷枕藉。自己染上 Omicron 平安無事，就不理會老人家的悲慘命運，在道德上說得過去嗎？當今的年青人不是習慣了站在道德高地上說話嗎？

過去兩個月裏，在這個被認為遠較內地先進的城市中去世的人，患上 Omicron 的佔了很大的一部分，而且還未計算因醫療系統崩潰失去的其他生命。整個社會都付出了慘痛的代價。

希望裝睡的人，受過躺平躺得太久之苦後，有一天也能睡醒。

響亮的口號　虛幻的言詞

　　我們一家人響應政府的號召,盡了作為公民的責任,昨天已完成了為期三天的自願檢測。慶幸包括傭人在內的五口子,在檢測期內全部測試均呈陰性反應。兩個孩子在第一天做檢測的時候,因為心情緊張和鼻孔的些微痛楚,曾經灑過幾滴眼淚。但在積累了實戰經驗之後,到了第三天,小淘氣們已經嬉皮笑臉地把測試當成遊戲了。

　　回到醫院,和同事們談起自願檢測的話題。一名同事說,他才不會笨到跟着政府的呼籲做,如果檢測中了,全家人一起被隔離就會惹來天大的麻煩。

　　我心裏頓時掠過一絲涼意,就連醫護行業裏的專業人員都存有這種心態,又如何說服其他市民遵守政府的防疫政策,香港的抗疫又怎可能取得成功。齊心抗疫這四個字,在這個城市從來都只是一句口號,由始至終未曾真正達成過。

　　無論口號說得多響亮,虛幻的言詞終不能取代默默耕耘的努力,始終有破滅的一天。很不幸地,這一天我在幾星期前就經歷過了。

西方傳媒的虛偽、傲慢和偏見

　　根據新聞公布的數據，上海疫情今天首次在高位轉向，峰頂初次出現了。過去一天之內，上海新增約 2 萬 3000 宗新冠病毒本土個案，包括 994 宗確診和 2 萬 2348 宗無症狀感染，其中 273 宗確診為較早前的無症狀感染病例。

　　若與香港作一橫向比較，上海從採取局部封城措施開始，至今只過了短短的兩星期，就把本來呈幾何級數上升的疫情發展趨勢有效遏制了下來。在同一時間段內，香港的確診數字卻像脫韁的野馬，一騎絕塵。

　　沒有對比，就沒有傷害。香港和上海這兩個有着相似歷史背景的遠東大都市，後者的人口約為前者三倍。香港確診數字的峰頂在五萬多，上海的城市人口更多，反而只需較短的時間，就把峰頂停在了較低的 2 萬 6000 人水平，而且仍沒出現死亡病例。兩地唯一的不同，就在於政府對疫情的干涉手段和效率。不知道本地那些政策制定者和專家，在看到兩地的數據之後有何感想。如果時間可以倒流的話，他們是否仍然認為當時的決定是正確的，是否願意改變當時的想法和手段。

　　諷刺的是，雖然上海的抗疫工作取得了階段性的勝利，疫情已經顯著放緩，但英國廣播公司（BBC）昨天卻發表了一篇莫名其妙

的文章，題為《上海疫情爆發致中國防疫政策搖擺不定》。我認為這篇文章的論點極為可笑，甚至可恥。中國的防疫政策何時有過搖擺不定？中國一直本着盡力維護國民健康、生命比經濟重要的大原則，從來沒有與病毒妥協。若真說到搖擺，倒是該新聞媒體的所在國才是「搖擺樂」的典範。它從一開始所提出的羣體免疫藍圖，出盡全力為躺平護航，到了其首相和皇室成員相繼中招後，才被迫改變策略半力抗疫，當中的搖擺不定可謂令世人瞠目結舌。但很可惜，無論這個日畢竟已落帝國如何費盡思量，仍逃脫不了徹底失敗的命運。

以下是該篇英國廣播公司的報道：

https://www.bbc.com/zhongwen/trad/chinese-news-61065997

說到西方的傳媒，其實也不只這一家生就這副德性。2020 年 3 月 8 日，《紐約時報》在網上發文稱，意大利封城是冒着經濟風險保歐洲，立論十分正面。然而，剛在 20 分鐘前，同一份報章所發表的另一篇文章，卻誣告中國封城是以犧牲人民自由為代價。同一種防疫措施，一個在歐洲進行，另一個在亞洲進行，竟可得出兩個互相矛盾的結論，也真的毀了我這個行外人的三觀。若這是兩份立場截然不同的報章所寫的報道，還情有可原，但這可是同一個媒體，而且刊登時間只相差了短短的 20 分鐘。除了是毫不掩飾的雙重標準之外，真想不出任何形容詞來闡釋這份報章的報格。

這次之後，正好讓所有中國人完全看清西方傳媒陰暗的本質。中國做得好的事情，它們總會杜撰出美麗的謊言，把它說成是壞

的。同一件事情，西方國家做的必然是對，換成中國做的話依然是錯。不但如此，英國、美國、法國胡來，死了數十萬甚至上百萬人，也由於民主自由的光環而被美化成偉大，相反中國的死亡數字極低，卻因為隔離封城的務實而被抹黑為邪惡。

於是，意大利的封城就是保護歐洲，中國的封城不單不是保護亞洲，更是剝奪了人民的自由。既然他們毫不掩飾自己的虛偽、傲慢和偏見，吾人也不必再相信他們說的任何一句話。西方傳媒現時關於中國的文章，只剩下句號、逗號是唯一的真相。既然他們甘願把專業精神親自摧毀，那就不要再奢求保得住自己的誠信和聲譽。

吾等應該由衷地醒覺，中國人以後不需再看西方傳媒的嘴臉，只要我們把自己的事情辦好，就把他們留在路旁繼續吼叫吧。我們的目標是星辰大海，沒有時間可以浪費，得繼續前進。

生命會找到自己的出路

第五波疫情尚未完結，我的部門已經有兩名年青的醫生離開，到其他部門和私人機構另謀高就。我投身的專業在香港的醫療界中，從來都不是一個熱門的科目，並不太受年青醫生歡迎。由於在私營市場的發展空間不大，不像其他專科那樣較容易賺取豐厚的收入，而且要輪班工作，作息不定時，無可避免地影響了工作和生活之間的平衡，所以這個專業科目一直都難以吸引剛畢業的醫生加入。不僅如此，不少受訓了一兩年的醫生，在找到更好的工作機遇之後便會蟬過別枝，導致這個專科的醫生人手長期短缺。本來人望高處，水向低流，是正常不過的選擇，但在疫情中人手吃緊的時候，一些同事的突然離去，對士氣難免有些許打擊。

一天的工作結束後，不難體會到這一波疫情已進入尾聲，原因是今天所看的 20 多個病人裏，一個新確診的都沒有，確診後已康復的卻有不少。根據公布的資料，過去一天確診數字只有 1272，另有 62 人病逝，這與一個月前宛如兩個不同的世界。

由於病人不算太多，讓我有些空餘的時間和病人閒聊。這是一個我在工作時頗為喜愛的嗜好。三人行必有我師焉，和來自不同階層的人對話，經常給我意想不到的機會，對世界作更深入的認識。

今天，我和一名年老病人展開了一段富有教育意義的談話。

「你以前是幹哪一行的？」我向年近 80 的病人微笑着發問。

這是我打開話匣子的慣常方式。

「我以前是海員，在船上機房裏工作。」坐在我跟前的病人不徐不疾地回答。

他的答案登時引起了我的興趣，因為我是個軍事迷，而海軍是我最喜愛的軍種。

「你以前在哪種船上工作，去過些甚麼地方呢？」我急不及待地追問。

「我在遠洋輪船上工作，以前經常在麥哲倫海峽航行。」他只是淡然地回答，似乎意識不到那個答案對我有何種吸引力。

「麥哲倫海峽！麥哲倫海峽？」我一連說了兩次之後，仍未從錯愕中完全回過神來。

「以前上小學的時候讀到過麥哲倫海峽，但已記不起它在哪兒了，只知道是個在歷史上具有重要意義的水道。它確實在甚麼地方呢？」我對於記不起它的確實位置，感到有點羞愧。

「它在南美洲的底部，穿越智利和阿根廷，是連接太平洋和大西洋的重要水道，也是一條重要的軍事航道。」他依然是慢條斯理地娓娓道來。

我不知道他是肺部不好，還是在暗暗取笑我對歷史和地理一無所知。

「你到過阿根廷嗎？」我對阿根廷這個國家極感興趣。印象中的阿根廷是個風景秀麗的國度，國境內眾多山脈雄偉險峻，雪峰

連綿數千公里，山上有逗人發笑的草泥馬，還誕生過世界足球壇上最偉大的兩名球星馬勒當拿和美斯，音樂劇方面有著名的《貝隆夫人》……

「當然，我到阿根廷的次數可能比你到旺角還要多。」他的臉上開始掛上得意的笑容，彷彿在向我示威。

為了避開他的恥笑，我決定另闢蹊徑，轉移話題：「我以前也曾經想當過海員。上中學的時候，老師曾經帶我們到屯門的海事訓練學院。那裏的導師在講解的時候，說當海員很有前途，從船員可以一直進升到二副、大副和船長。最重要的是，在海上航行時有錢都沒地方花，因此可以輕易地儲蓄到一筆錢，很快就有能力購買房子。那番話對我有很大的吸引力，所以一直記到現在。」

「呵呵呵，他倒也沒說錯，雖然船上的工作很辛勞，我現在也確實擁有了兩個單位。」他自豪地說，即時證實了我牢記在腦中 30 多年的那番話，所言非虛。

我心裏暗自悔恨，當年早該往航海方面發展。我到現在還沒有兩個單位，有的只是一腔熱血，兩袖清風。

今天下午，在那個細小的診療室內，兩個歲數相差數十載的人，如此這般地進行了一段趣味盎然的對話。他讓我大開眼界。

腦海中想起電影《侏羅紀公園》裏的一句名言：「生命會找到自己的出路。」那些年青的醫生、那名病人和我自己，最終都找到了自己的出路。

第 四 章

下一世仍要
當爸爸的兒子

黎明的曙光

父親年老多病，自從一個月多前患上新冠，即使康復了仍睡得不好，食慾不振，體重明顯下降。他不想讓我擔憂，所以一直隱瞞着自己的狀況，直到昨天我主動問起，媽媽才和盤托出。

由於他有眾多其他疾病，若病情惡化也會出現相似的情況，所以我也不敢怠慢，今天和他們在居所附近吃過午飯，就開車把他們送到醫院檢查。陪同家人看病，心情跟平常有一些微妙的變化，在整個過程中一直擔心會查找出不太理想的狀況。進行過身體檢查、心電圖、X 光和血液化驗後，看到各項報告與之前相比均沒有顯著的差異，我才如釋重負地舒了一口氣。

我深知不是每個人都那麼幸運，可以受到上天的眷顧。我另一名年老的親戚，也曾於三四星期前感染了新冠病毒，剛在兩天前蒙主寵召，回到天上去了。

鑒於第五波疫情持續緩和，特首今天在抗疫記者會上，公布由 4 月 21 日起分階段放寬社交距離措施細節。食肆晚市堂食時間，由 6 時延長至時上 10 時，並由二人一枱放寬至四人一枱。體育處所、健身中心、美容院、按摩院、戲院、圖書館等設施獲解禁重開，但酒吧、泳灘及公眾泳池則繼續關閉。從 4 月 21 日開始，亦會解除禁止涉及兩戶以上在私人地方進行多戶聚集的限制令，公眾地方

限聚令也由二人放寬至四人。

香港人被困得太久了，大家都渴望生活回復正常。只可惜，約有 9000 人被永遠定格在過去的兩個月，無法像其他人一樣看到黎明的曙光。

2022 年 4 月 15 日

復活節

今天開始是一連四天的復活節假期。昨晚下班後在酒店過了一夜，早上 7 時 20 分，鬧鐘按設定的時間把我叫醒。平常休假，一定不會這麼早就起牀，但今天歸心似箭，希望盡早回家見到兩名孩兒，共享天倫之樂。

第五波疫情爆發之後，親眼見證了一個被譽為東方之珠的國際大都會，在病毒攻擊之下是何等脆弱，不堪一擊。這個城市的一部分專家和市民，可能在過去幾十年長期置身於亞洲中心的光環和榮耀之中，自以為與世界最先進的文明早已緊密接軌，總是抱着從過

往西方殖民管治歷史中得來的優越感，毫不掩飾地瞧不起附近地區抗疫上的成功範例和寶貴經驗，以致對自身能力作出過高的估計，對系統性的不足缺乏警覺性和危機感，最終在病毒大軍發起全線攻擊後，便因為驕傲自大而一擊即潰，被迫吞下自以為是的苦果。

今天寫的是第六十一篇日記，在剛過去的兩個月裏，我在醫院以第一身的視角，經歷了行醫近 30 年來從未見過的景象，切身體會了何謂醫療系統崩潰。

眼見在短時間內大量呼吸困難的病人被救護車送進來，有些在到達醫院前或剛到醫院後，就已呼盡了最後一口氣；診療區早已擠得水泄不通，救護車在抵達醫院大門外之後，有時要等候兩三小時才能把車上的病人送進室內，以致一些救護員只得把病人放置在露天的地方，便馬不停蹄地趕赴下一個求助召喚，待護士有空時才自行接收病人。由於醫院隔離病房牀位和呼吸機供不應求，深切治療部更是經常爆滿，大量情況嚴重的病人被滯留在住院前的等候區，等待命運的判決；醫護人手嚴重短缺，醫療資源極其匱乏，很多病人在到達醫院後，要等候數小時才能得到診治，之後更要等待數天之久，才獲得入院治療的機會；一些情況極其危殆的年老病人，在評估過治療的成功機會後，迅速被主治醫生下達了「不作搶救」的臨牀決定；那些抱着高燒幼童的父母，一面茫然地瞪着圓圓的大眼睛，對於醫院沒有兒科病牀接收他們的孩子，頓時陷入難以置信的絕望之中。一些醫院被臨時改造為治療新冠病毒的定點醫院，轄下的急症部門停止接收非確診病人，以致若干嚴重的傷病者，只能被

救護車山長水遠地跨區送院；一些在私營機構接受每星期兩至三次血液透析的腎病病人，由於染上了病毒，私營機構拒絕為其提供服務，公立醫院為免把病毒傳播給其他免疫能力普遍較低的腎病患者，也未能在短時間內為其安排血液透析。這些人在被推來推去後無奈地淪為了人球，並轉化成某些人在挪揄上海嚴密防疫措施時筆下的「次生傷害」。但其實所有的次生傷害，在全球任何病毒肆虐的地區都存在，並非只在執行嚴密防疫措施的城市所獨有，在香港發生的也不少；醫院各處仍可以放得下物件的空間，曾有那麼兩三個星期被堆滿了裹屍袋，各區的公眾殮房也不敷應用，醫院要設法找來儲存凍肉的貨櫃箱，暫時停放遺體⋯⋯

親自在但丁筆下的煉獄走過一回之後，我深感生命飄渺無奈，無法完全由個人掌控。面對大自然無法抗拒的力量，人類顯得極其渺小，理應放下高傲的自信心，學懂對上蒼的敬畏和謙卑。作為以救死扶傷為責任的醫生，身處最需要自己專業技能的巨災之中，才發覺很多事情都不能由自己控制，甚至連進行一個簡單醫療程序的機會都沒有。那種無力感是難以向外人道的。

遭遇過香港哀鴻遍野的時代後，深深體會到世上一切功名利祿，榮華富貴，都只是過眼雲煙，無足輕重。唯有健康和家人，才是最珍貴的東西。

在家吃過午飯，一家人便到了尖沙咀一間高檔的商場，為兩個小淘氣購買期待已久的電子遊戲軟體。然後開車到西貢市中心，在經常光顧的意大利餐廳吃一頓提早的晚餐。六時後的禁止堂食令現

仍生效，所以我們要在四時多入座。設在小廣場邊的戶外雅座，已經坐滿了客人，當中有不少外籍人士。他們拿着酒杯，觥籌交錯，盡情享受着節日裏和煦的陽光。廣場中央遊人如鯽，絡繹不絕，一片熱鬧的氣氛。看來大家都竭力從兩個月來的陰霾中掙脫出來。飯後一家人到了附近的海邊，再次把風箏高高地放到了半空。

回到家裏，獲友人告知，過去一天的確診數字回落至 946 人。這是個令人振奮的消息。自疫情從 3 月上旬每天五萬多人確診的高峰回落，今天首次跌破了 1000 人的大關。

我並非基督徒，也沒有任何宗教信仰，無法寄望天上的神能讓逝去的生命復活。但從某個角度而言，香港真的在復活節假期中復活了。

對我來說，死後復活只是鏡花水月，不可當真。我只知道，能活着就是好。但要活着，需要的是客觀的科學，而不是盲目的立場。

假期裏的物種起源

　　早上起牀後打開電話的通訊軟件，很多朋友已經奔走相告，中國的神舟十三號載人飛船，在較早前安全降落東風着陸場，在自家太空站逗留了半年的三名航天員，無驚無險地安全回家了。

　　這次太空任務創造了多項第一，如今完美完收官，真的值得各方贊譽。首先，這是中國的大型常駐太空站「天宮太空站」，成功進入軌道後首次有航天員進駐執行任務。第二，三名航天員在太空站工作了 183 天，打破過往中國航天員在軌執行太空任務最長的紀錄。最後，神舟十三號採用了快速返回方案重返地球，整個過程由以往的 20 多個小時縮短至幾小時，也打破了過往的紀錄。而且，這次返回任務定位極為精準，降落堪稱完美，降落地點就在預定的目標區附近，直升機早已在旁候命，故此能夠迅速尋獲着陸的載人飛船，整個過程絕對值得打 100 分。

　　趁着復活節第二天的假期，一家人中午坐渡輪到南丫島遊玩。到達碼頭，看到那條等船的人龍，馬上開始懷疑自己的決定是否正確。可能被困得太久，趁着疫情接近尾聲，而且正值假期，市民都在這幾天走上街頭，市面各處萬人空巷，相信在南丫島情況也會一樣。

　　坐了約 30 分鐘的渡輪，在南丫島榕樹灣碼頭上岸，沿着長長

的棧橋步向餐廳雲集的市集時，我慣性地把頭轉向左面，把視線聚焦在三層高的圖書館外牆之上。那道牆壁上髹着宋明理學大師朱熹的一首詩：

半畝方塘一鑒開

天光雲影共徘徊

問渠那得清如許

為有源頭活水來

這首詩是幾年前到訪南丫島，在沿着棧橋離開碼頭的那幾分鐘內，偶然向左張望時首次在同一道牆壁上讀到的。當時雖然並未完全理解詩中含義，但馬上已愛不釋手。後來回到家裏，上網查了資料，才理解了該詩的意思。圖書館的外牆，絕對是髹上這首詩的最佳位置。想出這個主意的人，必定是個滿腹經綸之士。以後每次踏足南丫島，都總會不由自主地把頭轉向左面，重新欣賞那首如行雲流水般的佳作。

榕樹灣大街上熙來攘往，肩摩轂擊，人聲鼎沸。市集的餐廳坐滿了客人，在充沛的陽光下享受着美酒佳餚。我在大街左面的小商店買了一瓶意大利白酒，便馬不停蹄，按照一早設定好的計劃，直奔洪聖爺灣海灘。

這兩天可能多了時間和兩名孩子待在一起，故此激起了老大的求知慾，一有空閒時間就向我提問。昨天我們在西貢吃飯的時候，我只是簡單地向其講解了水的沸點（Boiling point）的概念，在知道水的沸點是 100 度之後，大魔怪便向我追問了一連串的問題。令我

感到不可思議的是，小小的腦袋竟能根據我的答案提出新的問題。例如，其他液體的沸點是否都是 100 度？水在不同地方沸點是否都是 100 度？水的沸點在珠穆朗瑪峰頂峰是否仍是 100 度？水的沸點在地下是否也是 100 度？飛機機艙如果穿了一個洞會發生甚麼事？飛機為甚麼要飛得那麼高？直升機為甚麼飛得比民航機低？我對老大能提出這些問題，感到十分欣慰。其實，所有問題的答案都是和氣壓有關的。

在前往洪聖爺灣的路上，從小人兒提出的第一個簡單問題「第一個英國人是誰」開始，便引發了一段持續 15 分鐘的對話。我興致勃勃地向其講述了一個對我十分吸引的故事。到了洪聖爺灣之後，老大終於初步知道，在南美洲厄瓜多爾海岸線西面的太平洋上，孤懸着由數個小島組成的加拉帕戈斯羣島。以往在不同的島上，都有巨型的陸龜和鳥類棲息居住。這些動物雖然外型都十分相似，但又都有着與其他島上的同伴明顯的差異。後來，一個英國人想通了表象之下隱藏着的驚天奧秘。他根據自己的觀察和思考，寫出了驚世駭俗的曠世巨作《物種起源》。這個人叫查爾斯達爾文，他的名著一直存放在我的書架上。

在達爾文寫出《物種起源》約 160 年後，我得再次感謝他。他讓我和傳承了我的基因的下一代，溫馨地體驗了一次他對動物的那些想法，並因而享受了一個充滿互動元素的下午。

值得被永久保存下來的歷史資料

復活節假期的第三天，其他人仍在放假，但我要回醫院上班了。

今天負責巡查部門專屬病房的工作。設立這種病房的原意，是要收治病情輕微但不能即時離開醫院的病人，藉此減低其他專科病房的工作壓力，常見的是傷風感冒、痛風症、腸胃炎、暈眩、足踝扭傷、輕微骨折、胸口疼痛以及急性中毒等病症。這個病房出院入院的標準比較低，因而週轉率很高，大部分病人住院 24 小時之內已可出院，不斷有患者進進出出，所以護士的工作極為忙碌。

在第五波疫情最為嚴峻的時候，這個病房曾用作暫時收治需要高濃度氧氣的病人。改回正常用途後，該病房的住院人數一直不高，今天巡房時只有區區的幾名病人，我很快就完成了工作。

本地每次疫情肆虐期間，無論是 2003 年的沙士時期，還是其後的豬流感和禽流感，醫院的求診人數都大為降低。可以想像得到，市民避免在疫情期間到醫院求診而惹上傳染病。從另一個角度來看，這也意味着在正常時期，醫院的緊急醫療服務被濫用得頗為嚴重。第五波疫情爆發之前，病情並不嚴重的求診者，在候診大堂往往需要等候五六小時才能看得上醫生。如今，大部分這類病人在一個半小時之內已經可以獲得診治。另外，那個專屬病房以往經常爆滿，而現時的門可羅雀，反而令醫護人員感到極不習慣。

今天上班之前，我正式透過朋友接觸出版社，為出版這本《為了忘卻的記憶》走出第一步。我頗具信心，書中記敘的第一手資料是香港第五波疫情的最佳見證，無論對香港還是內地日後的防疫工作，都有重要的參考價值。我深信這本書若能成功出版的話，也會像以前出版過的書籍一樣，被收錄在香港公共圖書館的香港資料特藏，作為香港歷史的一部分被永久保存下來。

2022 年 4 月 18 日

如眼中的刺般的次生災害

這幾天境外和本地的媒體，都在極力渲染上海因疫情嚴峻而引發的「次生災害」，也得到一些市民的附和。例如為加強安置感染者和密切接觸者，上海政府強制徵用浦東某社區，驅離原住戶爆發警民衝突，影片在網絡上引發熱議。另外，媒體也放大了個別因小區遭封鎖而出現的意外個案。

這些媒體對所在地的「次生災害」真的一無所知，還是為了某

種隱藏的目的避而不談,外人無從稽考。事實上,所謂的「次生災害」在每個遭到疫情蹂躪的地區都存在,並不單獨發生在採取封城措施的中國。全世界包括香港在內,所有沒有像內地那樣採取嚴厲防控政策的國家和地區,由海量染疫人數導致的醫療需求激增,令公共醫療無法承受而造成的系統性崩潰,確使很多未受感染的人也成為了無辜受害者。

以香港為例,眾多患有慢性疾病的市民在第五波疫情期間,沒法在各類診所如期覆診,因而令病情無法得到有效控制。不少輪候非緊急手術的病人,手術約期也被無限往後推遲,無論如何也談不上是理想的狀況。另外,那些受感染後未能如期進行血液透析的腎病患者,未能進行化療的癌症病人,未能即時接受心臟血管手術的心肌梗塞患者,未能獲得呼吸機的哮喘患者,未能獲得人工心肺機的瀕死病人,甚至因醫療系統的崩潰而有性命之虞。

過去一段時間,若干意外中的嚴重創傷患者,由於肇事地點附近的創傷中心被改為治療新冠的定點醫院,停止接收與該病症無關的病人,因而要被救護車長途跋涉地轉送到其他醫院,耗費在路途中的時間比往常增加倍數。很不幸地,當中有一些人或最終未能逃出生天。根據過往經驗,這些傷者若依正常途徑被送到附近的創傷中心,是有機會被救回的。

除了醫療上的問題,西方國家和香港在經濟民生方面,也因疫情遭受史無前例的衝擊。單就本地而言,因社會活動減少而引發的大量小商戶結業,使不少市民不是失業,就是收入驟減,社會各方

面的持份者均苦不堪言。政府庫房由於曠日持久的防疫支出和補貼，財政儲備也日漸枯竭。面對看不到光明的盡頭，不少人在個多月前曾慨歎長痛不如短痛，與其不知捱到何年何月，不如盡早封城，和病毒來個了斷。此等歇斯底里的掙扎，相信不少人至今仍記憶猶新。

這些如果不是本地因疫情失控而衍生的「次生災害」，真不知道甚麼才算是。假如這些可以納入「次生災害」的範圍，那麼西方國家和本地的傳媒又有何資格嘲諷上海。至少推行嚴密防疫措施的上海，除了和我們一樣衍生出某些「次生災害」之外，卻能成功遏制住疫情擴散，不但阻止了成千上萬的人死亡，而且還把經濟損失減到最低。從這個角度而言，上海不是比西方國家和香港成功嗎？何以傳媒只針對上海的「次生災害」，卻對自己所在地的「次生災害」視若無睹，而且對病毒引起的「首要災害」不聞不問呢？是那些新聞從業員對上海沒有出現他們心中預期的「首要災害」，從而無法作出大義凜然的批判，還是另有原因，恐怕要他們對自己的同行進行一次採訪報道，大眾方能一窺內情。

我愈來愈覺得不可思議，往日的記者都有分析事理的頭腦、妙筆生花的文采、客觀公正的態度，但不知從何時起，這些正面的印象在腦海中逐漸褪色。熱切期待這個曾經承載真相和使命的專業，以後可以回復昔日的舊貌。

不其然想起《聖經》裏耶穌基督說的一句話：為甚麼看見別人眼中的刺，而沒看見自己眼中的樑木？

四天的復活節假期一眨眼就過完了，明天兩名孩子就要重回學校。第五波疫情爆發以來，本地學校已經停止面授課程約兩個月了，明天是學校重開的第一天。兩名孩子對於可以返回校園，與隔別多時的老師和同學重聚，感到雀躍萬分。我為小淘氣們把筆盒裏的鉛筆逐一削尖，當了一回好爸爸，也感受了一次遺忘已久的上學心情。

2022 年 4 月 19 日

兩岸三地疫情快拍

在過去的一星期裏，大中華區的疫情發展各自不同。香港持續緩和，上海已到峰頂，台灣則處於上升階段。特意在今天這個時間節點，列舉兩岸三地的數據作橫向比較，以便更宏觀地了解華人主要聚居地的抗疫情況。

據衞生署今天公布的數字，本港過去一天新增 600 宗新冠確診，死亡個案則上升 17 宗。第五波疫情累計 118 萬 6000 人受感

染，共 8963 人死亡，病死率約為 0.76%。根據合理推測，受感染人數應被嚴重低估，並不能反映真實的狀況。估計本地現時應有超過一半人口，已受到新冠病毒感染。

因應本港疫情持續放緩，美國今天正式把香港從高風險地區的名單中剔除。我覺得這項措施尤為可笑，環顧全球各地，哪還有另外一個地區比美國的風險更高。

中國內地一天新增超過 2 萬 1000 宗新冠病毒本土個案，上海獨佔超過 2 萬宗，包括 3084 宗確診和 1 萬 7332 宗無症狀感染。上海同時錄得七宗本土死亡個案，年齡由 60 歲到 101 歲。其中的六名死者均有冠心病、糖尿病和高血壓等慢性疾病。與香港的情況相同，這類擁有眾多長期病患的人士，乃是染疫死亡的高危一族。可幸上海的封城和隔離措施推行得不算太遲，才成功阻止了香港的大規模死亡情況出現。兩地死亡數字上的顯著差別，突顯了最有效的防疫方式。香港在三月初峰頂的時候，每天有上百人死亡。

台灣方面過去一天新增 1626 宗本土病例，連續五天單日確診數字突破千宗，並且再創新高，另外出現兩宗死亡病例，分別為兩歲及 90 多歲，是時隔十日再錄得死亡個案。前有香港和上海兩條南轅北轍的路徑作參考，何去何從就看台灣如何選擇了。至於選擇是否明智，兩三個月後自有答案。

今天是全港小學自一月中停止面授課程之後，第一天復課。老師和學生按規定，須在返回學校之前進行快速檢測，幸好兩名孩子的結果一切正常。據報道稱，共 15 名師生快測呈陽性反應。

理髮店愛的故事

　　經過這一晚之後，我肯定自己是個富冒險精神的人，也肯定是個好丈夫。

　　昨晚要上班，早上回到家裏，花了數小時修改之前撰寫的日記文稿，等到兩個孩子中午放學回家，一起吃過午飯，才上牀小睡片刻。到了下午 5 時，便和太座一齊到太子區的理髮店，接受人生第一次的實戰洗禮。

　　太座修讀了一個為期六天的初級理髮班，希望學成後可以親自為兩個女兒剪髮。今天是最後一堂課，學員們需要帶同一名親朋好友作為模特兒，以便把學到的知識實習出來，由導師作出評核。數星期前我已經被委以重任，無論我如何編造理由推搪，換來的往往只是一塊板起的鐵黑色面孔，所以最後仍逃脫不了命運的安排。

　　7 時許到達理髮店，甫坐定，太座二話不說就舞動起剪刀。由於實在太睏，不久我就不由自主地閉目養神起來。

　　突然間，一道涼氣從頭頂直刺心窩，嚇得我差點從座位上跳了起來，赫然發覺太座手裏拿着一壺水，正悠然自得地噴向我的煩惱絲。

　　「妳搞甚麼鬼！人噴水，妳也噴水，為甚麼妳噴的水這麼冷？」我上了理髮店幾十年，從沒有過像今天一盆冷水從頭上淋下來的

感覺。

「這只是你大驚小怪。」她嬉笑着說,似乎完全沒有理會我的感受。

看透世事的男士都知道,和太座爭論是沒有好結果的,也不可能取得最後勝利。我唯有及早收口,繼續閉目養神。

唱機播完了上一首歌之後,從喇叭傳出來的是我其中一首最喜歡的樂曲《星夜》。歌者運用爵士樂的演繹方式,以懶洋洋的聲線訴說着梵高筆下的名畫,讓我陶醉在悠揚悅耳的樂韻之中,腦海中浮現着夜空下一圈又一圈的星光。

當樂曲完結,我慢慢睜開雙眼,如夢初醒般產生了時間被冰封住了的錯覺,彷彿在我合上眼睛的十數分鐘裏,世界甚麼事情也沒有發生過。

我半信半疑地盯着鋪在身前的白色圍裙,無法相信看到的究竟是真實還是幻象。那條圍裙上一根頭髮絲也沒有,看上去比剛才拿出來的時候更乾淨。

「妳剛才做了些甚麼,為甚麼連一根頭髮絲也沒有。妳有剪過髮嗎?」我十分猶豫地問。

「有呀,我已經很努力了,但還未剪到前面,剪掉的頭髮全在後面。」她咯咯地笑着回答。

我猛然把頭轉向後面,但無論我把視線掃向地板還是肩上,都根本找不到任何一樣可以被稱得上頭髮的東西。

「不是說已經剪了很多頭髮嗎,都在哪裏?」我若有所思地問。

「全都黏在剪刀上。」她一本正經地回答，混然不覺這個答案會嚇怕不少人。

「妳預計這次要剪多久？」我出於好奇地問。

「大約一小時左右吧。」她認真地回答。

聽到一小時這個答覆，我唯有再度合上眼睛，只是在心裏咕嚕着，我的頭髮本來就很短，不剪其實也可以多頂一兩個星期。

又過了十多分鐘，正當我好夢正酣的時候，耳邊突然響起「卡又卡又」的聲音，還伴隨着傳到耳窩背後的低頻震動。這下真把我嚇個半死，馬上從夢中驚醒過來，睡意全消。我最擔心的是耳朵被我那可愛的太座削去一丁點。

她不斷變換着手中的工具，一會兒拿剪刀，一會兒又拿回電剪，就像穿花蝴蝶般在我耳邊飛舞，但我的頭顱卻彷彿變成了笨拙的仙人掌。

我不能說她不認真，但卻要金睛火眼尋找她的好手藝，更要防範由工具滑落引起的次生災害。剪了大半天，剪去的頭髮仍只有那麼一點點。我心中暗忖，這次真的中伏了。如果還有下次，我要養精蓄銳之後才敢再來。

說時遲，那時快，她一手從正面叉着我的脖子，差點讓我喘不過氣來。

「這是幹甚麼？」我驚訝地問道。

「我要固定你的頭部，不能讓它晃來晃去呀。」她不耐煩地嚷了起來。

我驀然嗅到了空氣中燒焦的味道。

「但我以往從沒有被髮型師這樣叉着脖子，妳肯定是這樣幹的嗎？」我不敢挑戰她的權威，只能戰戰兢兢地說。

「不是這樣叉着，可以怎樣？」她的氣勢逼人，刀鋒到處，所向披靡。

「我記得好像是以手指按着額頭作支撐的。」我且戰且退，落荒而逃。

物換星移，月亮升了又落，落了又升。在我等到花兒也快要謝了的一刻，太座突然在身後大叫：「我沒有學過怎樣剪你的頭型。你的頭髮太短了，太短的頭髮很難剪。我真不知該如何剪下去。」

這次我徹底崩潰了，短髮不是應該更容易剪嗎？簡單修剪一下不就行了嗎？

我突然靈機一觸，不禁為我的才思敏捷自鳴得意起來：「如果不知道怎樣剪下去，不如就叫導師來處理吧。」

在導師的指導下，我的髮型終於從凌亂中看到了希望，最後變成了可以呈交的作品。經過導師最後的修葺，那棵笨拙的仙人掌終於可以登上大雅之堂，而太座亦成功通過了考核，拿到了初級證書。

我心裏明白，太座學理髮是為了我好。理髮店前一段日子因疫情被禁止營業，她是擔心我們一家人頭髮太長才去學的。

我希望日後她可以專心一意在孩子身上鍛煉手藝，不用再為我操心了。

爸爸

　　期待已久的首階段放寬社交距離措施，今天終於開始實行了，市面熱鬧非常。

　　根據政府早前頒布的規定，從今天起所有食肆可恢復晚市堂食至 10 時，並可放寬至四人一枱。另外，美容院、體育中心、娛樂場所、宗教場所、主題公園、戲院、康文署部分場所等亦可重開。

　　早上開車送兩個孩子回學校後，我便急不及待和太太趕往父母的居所，和他們到附近的酒樓喝早茶。爸爸本身有不少嚴重的慢性病，在 3 月 2 日確診新冠之後，雖然早已痊癒了，但身體一直不能回復染疫前的狀況。幾天前他到醫院接受了檢查，某些化驗結果並未能令人滿意，而且在吃過藥之後，也沒有多大的改善。

　　我心裏知道，造成這種情況的原因有很多，並不一定是新冠病毒的後遺症，有些原因更令我提心吊膽。

　　二、三月間，我曾親眼見識過生命是何等脆弱，人類面對疾病是如何無能為力，所以深刻意識到健康和親情的珍貴價值。有些東西一旦錯過了，就可能永遠無法挽回。

　　積極面對，但做好最壞的打算，是我無可奈何之下如今的應對之道。希望多些時間陪伴在爸爸身旁，避免將來遺憾。

疫苗也瘋狂

過去的一個月，我不時遇到因注射某種外國新冠疫苗後出現副作用，迫於無奈到醫院求診的零星個案。無獨有偶，這類病人的病徵大致相同，而且幾乎全因同一種疫苗而起。注射中國製科興疫苗而出現此類情況的，卻絕無僅有。

這種外國疫苗相比國產科興疫苗有較多的副作用，對於前線醫護人員來說，早有切身的感受。約一年多前疫苗開打的時候，首先接種的是科興疫苗。當時由於少數人士在注射疫苗一個月內去世，所以科興疫苗被繪聲繪影地抹黑為極度危險，安全性成疑，因而嚇怕了很多本想跟隨政府建議接種疫苗的市民。到了另一款疫苗開始接種後，也錄得一個月內的死亡個案，那些別有用心的人卻好像突然患上集體失憶症一樣，絕口不提該疫苗的安全性了。

事實上，自 2020 年 12 月 14 日美國開始接種疫苗後，至今已有 1 萬 4180 人據報在注射後死亡。由此可見，疫苗並非長生不死之藥，只能減少因感染新冠病毒而出現重症和死亡的風險，中國和外國的疫苗都一樣。如果世上有那麼一種疫苗，接種者是保證不會死亡的話，這種疫苗顯然已不再是疫苗，反而變成了徐福為秦始皇尋找的長生不死之藥。它的價格一定會比現時大幅提高，而發明這種藥的人必定會獲得諾貝爾醫學獎。

不能否認社會上有一類人，是永遠和政府對着幹的。政府愈是提倡注射疫苗，他們愈是不接種。若果政府能跳出盒子以外思考，禁止所有人注射疫苗，或許反能大幅提升疫苗接種的數字。由於當時政府沒有想出這種奇招，所以疫苗接種率在初期不是很理想，直到某世外高人想出注射疫苗參加新樓抽獎的曠世絕橋，才使不少反對疫苗的人士倒履相迎，躍躍欲試。從這麼一件小事上，就可以觀察到香港這個資本主義社會，甚麼偉大的理想和宣言，如果不是騙人的幌子的話，也只會是空洞的說詞，哪像金錢和利益的吸引力般一呼百應。

　　疫苗的接種率提高了以後，卻意外地衍生了另一個問題。由於擔心錯過機會，不少人在短時間內蜂擁前往注射疫苗，以致與疫苗副作用相關的求診個案也大幅飆升。在疫苗注射的高峰期，醫院的急診區裏，每天都有一部分人是因為注射疫苗後感到不適而來求診的，數字往往高達每天 20 人左右。這羣人當中，接種外國疫苗的佔了絕大部分，接種科興疫苗而出現副作用的，並不多見，而且病徵較為輕微。

　　注射外國疫苗後最常見的病徵，包括心悸、胸口疼痛或翳悶，以及呼吸不順等等。這些副作用在 20 至 50 歲的年齡羣組比較明顯，但在十來歲的青少年或六、七十歲的老年人身上，也偶有出現。製造該疫苗的藥廠和外國醫療監管機構，早就公布了這種疫苗可導致心肌炎和心包膜炎等頗為嚴重的副作用，而兩種疾病均有潛在的致命風險。由於這兩種副作用的臨牀症狀，也是心悸、胸痛和

呼吸不順，求診者往往難以被即時排除這兩個病因，需要留在醫院裏接受包括心電圖、肺部 X 光和血液肌鈣蛋白在內的一連串檢測。這無疑加重了醫院在人手和病牀方面，本來就十分短缺的壓力。

有一次，我向一名老人解釋了他的症狀源於該種疫苗的常見副作用後，好奇心驅使我向他詢問，何以明知這種疫苗可以導致心臟上的副作用，仍要選擇注射。老人家不是應該更安全、更小心一點嗎？

站在他身後一直一聲不響的女兒，突然惡狠狠的盯着我說：「是我為他選擇的，因為科興沒有效用！」

我以本能反應回應了一句：「誰說的？我全家都是打科興的，我的不少同事也打了科興。」

然後，這段對話就再沒有然後了。

雖然大部分出現這些副作用徵狀的病人，經過檢驗後都並非患有心肌炎或心包膜炎，但仍未能完全釋除患者的疑慮。最大的問題是，這些病徵雖然並不致命，卻可以持續幾個月甚至更長的時間，令到患者十分困擾，有些更要為此而經常看醫生。

約一個月前，我在短短 30 分鐘內看了三位年青力壯的男士，他們都在接種那種疫苗後出現胸痛和心悸的跡象，其中一位的病徵更長達半年時間。我只能老老實實把情況跟他們交代清楚，並強調不知何時病徵才能完全消失。

由於該種疫苗的副作用十分普遍，而且也出現過注射後的死亡個案，所以令到不少人人心惶惶。我曾不止一次遇到出現副作用症

狀的病人，聲稱自己在到醫院求診前已立下遺囑，把財富交託給子女，才敢上路。

大眾對疫苗的恐慌到達失去理智的地步，以致在危機中產生了新的機遇。一些比較富裕的市民，在注射疫苗前竟要接受心臟專科醫生的評估，進行如「電腦掃描冠狀動脈造影」等費用昂貴的檢測，在確認檢測正常後才敢接種。本地的醫學專家曾公開呼籲，所有之前接種過流感疫苗而又沒有產生嚴重副作用的人士，均可接種新冠疫苗，而且是安全的。大概在全球範圍內，只有香港人在接種疫苗前，是要特意接受心臟檢查的。若要深究原因，我心中自有答案，但不便言明。

2022 年 4 月 23 日

今日無事

晚上下班後驅車回到酒店，已頗為疲累，本想依照法王路易十六在 1789 年 7 月 14 日，巴黎市民攻進巴士底監獄那天日記中的筆

法，依樣畫葫蘆寫下「今日無事」四個大字便倒頭大睡，但電視中的一則新聞報道瞬間令我欣喜若狂，睡意即時消除了一半。

報道稱，本港過去一天新增 523 宗新型冠狀病毒確診，再添九宗死亡個案，第五波疫情累計 9023 人離世，整體病死率約為 0.76%。自疫情失控之後，本地死亡數字今天首次回落至單位數，具有標誌性的意義，象徵着我們離東方日出不遠了。

有人歡笑有人愁，那邊廂的台灣一天之內新增了 4126 宗本土確診個案，再創當地的單日新高。縱觀過去幾天的發展趨勢，台灣的確診數字呈現出幾何級的增長態勢，套用航空業界的一個著名術語，似乎已經走過了「不能回航點」(Point of no return)，正式踏上不歸之路。寶島的染疫死亡人數會否像香港一樣高，現時尚言之過早，但無可避免地，受感染人數將會像香港一樣觸目驚心。

病房奇遇記

　　雖然疫情在最近兩三星期已大幅回落，現時醫院的求診人數並不太高，遠未回復到疫情前的正常水平，工作量怎樣說也不算繁重，但不知怎的，這幾天我感到極端疲倦，晚上的電視節目常常看不到一半，就已經支撐不住而昏昏欲睡。或許早陣子精神和體力過度透支，現在要補回之前提早支付的精力。

　　今天巡查住院病人的時候，來到一名年輕女孩的牀邊，她小小年紀，已經對生活失去了憧憬，也遺忘了對生命的信仰。

　　我想起之前曾經躺在這個病房裏的人，他們的年紀足夠當她的祖父母，雖然要費盡九牛二虎之力才能吸入一口氣，但看起來仍很想堅持下去。到頭來，他們把活下去的機會，留給了以後躺在同一張病床上的人。

　　我看着有優越生命力的少女，竟想放棄別人渴望得到的生存權利，心中不禁掠過一絲傷感。

　　把病情查問清楚後，我忍不住勸勉她說：「加油啊！每個人的生活都是不同的，最重要的是以自己那副身軀，活出屬於自己的生命，令自己一生無悔。」

一天的歐洲假期

自從學校重開以後，今天是孩子們的學校首次全日上課，之前只是上半天的課。由於學校仍未如常提供膳食，所以太太在清晨四時已經要起牀，為兩個小魔怪下廚做壽司，作為孩子帶回學校的午飯。

太太對我十分體恤，讓我睡到最後一刻，到了六時半左右才把我叫醒。睡醒後的第一件事，就是為兩名孩子進行快速抗原測試。根據政府的規定，每名回校上學的學童每天上學前都要先進行該種測試，並把結果呈報學校。如果結果呈現陽性反應，自然就不能返回學校。

實行這個措施之後，並未發現學校出現大規模爆發，只有零星的感染個案，可算是不幸中之大幸。然而，這個結果的可信性有多高，我卻存有很大的疑問。據我所見，身邊的朋友並非每天都為子女進行快速測試，校園的確診數字顯然並不準確。沒有做測試卻呈報陰性結果，魚目混珠蒙混過關，似乎大有人在。作為一名負責任的家長，同時也是一名經常面對新冠病毒威脅的前線醫生，我只能搖頭歎息。我的內心清晰意識到，這種行為會對回校上課的學生，產生潛在的健康風險。

不過這也難怪，若連整個社會對病毒的危害有最深入認識的專

業醫護人員，也不依足指示每天進行檢測，又怎能勉強其他人這樣做。畢竟，如果政府無法進行有效監督，被鑽空子也是意料中事。

早上開車送孩子們上學的路上，我坐在小汽車的右側駕駛席上，輕鬆自如地扭動着方向盤，突然間聯想起日本著名作家村上春樹的小說《國境之南，太陽之西》。這本小說是在上大學時所看的第一本村上春樹的書，然後我就無法自拔地成為了他的書迷。由於是首次進入他的文字世界，可能是先入為主的緣故，在他一系列豐富的作品之中，這也是我最喜愛的一本小說。小說中的男主角「始」，經常駕着寶馬轎車接送他的孩子。當年看這書的時候，腦海中曾經浮起過遐想，憧憬未來會否也幹着同樣的事情。事隔20多年，今天我對當時的自己作出了肯定的回覆。

送完二人上學後，我把車子開到西貢郊野公園北潭涌的停車場。從那裏作起點，我和太太沿着北潭沖自然教育徑，用了20多分鐘的時間走到起子灣堤圍。今日天色晴朗，風和日麗，起子灣一帶碧海藍天，水清見底，可見到魚兒在淺水區游動。被困得太久了，到郊外舒筋活絡，呼吸新鮮空氣，一大樂事也。

花了個多小時完成往返的路程，我們又回到起點，然後驅車到白沙灣的 Padstow 英式餐廳和酒吧，在侍應的引領下走上二樓的露台，在小桌子旁坐下。從這座髹成藍色的英式建築物二樓露台，可以眺望白沙灣碼頭一帶的景色。遠方翠綠的山巒襯托着泊滿遊艇的海灣，讓人暫時忘卻世間煩憂，有如置身歐洲蔚藍海岸的感覺，悠然自得。太太點了英格蘭坎伯蘭香腸和啤酒，我則點了康沃爾肉

批，食物的外觀和味道完全沒有讓我們失望。環顧四周，天色、環境、建築物和食物，都完美地混和在一起，使我們彷如過了一天的歐洲假期。

2022 年 4 月 26 日

醫者的悲哀

下班後回到父母的家，探望情況日漸轉差的爸爸。他的病徵和如今所說的「長新冠」頗為相似，也是睡得不好，吃得不好，整天都十分疲倦，而且日漸消瘦。染上新冠病毒痊癒後出現這些症狀的病人，我也曾經看過幾個，都是上了年紀的老人，所以不算十分罕見。

出現這些症狀是否就等於患上「長新冠」，在臨牀上並不容易判斷，原因是「長新冠」本身沒有一個十分清晰的診斷標準，而且那些模稜兩可的症狀，可以由很多其他不同的原因引起。父親年紀老邁，而且患有多種嚴重的慢性疾病，幾乎每一種都可以導致如今

的情況。更令我憂慮的是，其中一種最嚴重的疾病如果不受控制，就會呈現出他這段時間的病徵。如果遺漏了這種情況，後果將會十分危險。但即使可以及早作出診斷，以父親現時的年紀和身體狀況，治療手段也極其有限，沒有多少有效的處理方法。

作為醫生，由於對各種疾病的認識太深，對各種治療方式也十分了解，同時亦也可以預計各種結局，一旦遇到家人出現自己無法控制的情況，那種愛莫能助的無力感，不啻就是醫者最深沉的悲哀。

2022 年 4 月 27 日

疫苗辯證法

一名總是認為中國內地做甚麼都不對的朋友，今天對我說上海疫情如今不受控制，就證明了國產疫苗的效果沒有美國的好。

剛好這一兩天發生了一些事情，讓我成竹在胸，有了反擊的底氣，而且勝券在握。

我語帶相關地說：「我知道你對科學證據沒有多大興趣，如果

有的話，也不至於中國疫苗在全球範圍接種了一年多之後，仍提出這個論點。那麼今天我們不談科學證據，只談邏輯。」

「美國副總統賀錦麗剛在昨天確診了，你知道嗎？她已經注射了四劑疫苗，最後兩劑是加強劑。四劑都打足了，她仍然被傳染，你說美國疫苗好嗎？你要記着，你還沒有機會打第四針呢，你現在仍有那麼大的信心嗎？」我笑着說。

「那只是個別例子，你是嚇我不到的。」他的信心似乎未有絲毫動搖。

「美國眾議院議長佩洛西，約兩星期在高調宣布訪問台灣後，就被證實確診了，因此錯過了亞洲之行，相信她也一定接種了美國製的疫苗。這些重要的人物相繼受到感染，並不是個別的例子吧。她們比你有更多的醫療資源，受到更好的保護，但都受到感染，你還固執地認為美國的疫苗比中國好嗎？」我像希臘哲人蘇格拉底般，運用辯證法和他辯論起來。

「疫苗沒有百分百的功效，只能減低受感染的風險。最重要的是，疫苗能降低受感染後的重症率和死亡率。全世界所有疫苗都是這樣的。」他開始轉換話題，避重就輕。

他搖一搖尾巴，我也能感受到他不想直接面對我的拷問。

「那麼美國在年多前開始注射疫苗，但受感染的人數仍持續上升，死亡人數更超過了接種疫苗之前的數字，因 Omicron 死亡的人亦多於 Delta。如果美國製的疫苗能有效降低重症率和死亡率，這些數字又如何解釋呢？相反，中國自從開始接種國產疫苗後，死

亡率沒有大幅上升過，現在上海的死亡數字和美國的也不可同日而語。這又如何解釋呢？哪國的疫苗看起來比較好呢？」

我抓準時機，開始步步進逼。

「⋯⋯」他像有千言萬語要說，但都堵在喉嚨裏，無論如何使勁，半天仍吐不出一個字來。

「你知道嗎？有沒有正效果是一回事，如果沒有正效果，但卻有嚴重的副作用，那就是另一回麻煩更大的事了。之前不是報道過，美國製的某種疫苗或會產生心肌炎和心包膜炎等副作用嗎？原來情況遠不及此。」敵退我進，我決定發起最後的衝鋒。

我續說：「4 月 21 日刊登在《肝病學期刊》(*Journal of Hepatology*) 的一篇文章，發表了德國的一項最新臨牀研究，輝瑞 /BioNTech 聯合開發的新冠 mRNA 疫苗（BNT162b2），可能引發一種罕見的以 T 細胞為介導的自身免疫性肝炎。這是最新發現的一項與該疫苗有關的副作用。你認為這種疫苗危險嗎？」

一如所料，堵在喉嚨裏的話不但依舊堵在喉嚨裏，彷彿更愈堵愈深。我們的討論亦到此完結。

其實有另一項消息，我並沒有告訴他，避免讓他煩惱過了頭。美國疾病控制與預防中心 (CDC) 4 月 26 日公佈的報告顯示，自疫情爆發以來，根據全美範圍內的一項血液樣本研究，近六成美國人至少曾感染過一次新冠病毒。美國總人口中新冠感染率高達 58%。17 歲以下的兒童及青少年羣體中感染率更高，約為 75%。

事後我才突然想起，與其問中國的疫苗是否比美國的差，為何

不更直接地問，中國處理新冠病毒的方法是否比美國的好呢？這個答案看來更客觀，更一目了然，更無可推諉。

2022 年 4 月 28 日

下一世仍要當爸爸的兒子

　　爸爸實在太累，今天看完這個大千世界最後一眼之後，終於閉上眼睛，走了。

　　作為醫生，我早已預料到今天的情況，但可惜無能為力。作為兒子，我曾自私地希望他可以陪伴我們更久一些，儘管這會延長他所受的折磨。如果我代入病人的角色，必然意識到這是最理想的結局。畢竟不用再受痛苦，不用在家人心中留下被摧殘的印象，而且兒孫滿堂，不應有恨。

　　我熟悉父親的性格，所以估計得到他在走完世界這一面的路途之後，一定會急不及待地去尋找他的哥哥和妹妹。伯父和姑姐在我十多歲時已先行一步，我對他們的容貌已日漸模糊，只知道爸爸與

他們的感情很好，一直惦念着留在故鄉的兄妹。他也可能已經和爸爸媽媽重聚。我從來沒有見過祖父母，但父親常常跟我說，爺爺是在日本侵華時期病歿的，日本侵略者令他自小就失去了父愛。他是個極為孝順的人，和祖母的關係向來很好，故經常聽他提起祖母的逸事。即使垂垂老矣，父親仍對年青時孤身南下香港，未能留在母親身邊侍奉而耿耿於懷。

父親沒有受過正統的教育，文化程度不高，但他是個刻苦勤勞的人，性格正直善良，而且樂天知命。小時候我們一家四口，住在不足 70 平方呎的板間房，父親從早上一直工作到日落，單憑一雙簡樸的雙手養活一家人，從來無怨無悔。他從沒對兒子提出不切實際的期許，只要求他們腳踏實地，不要做傷天害理的事情。爸爸一生勞碌，沒有獲得良好的物質享受作為回報，但卻對自己供養兒子完成大學課程，視為畢生驕傲，常在朋輩間津津樂道。

最近兩星期，他的病情急轉直下，我們彼此心裏都約略知道，似乎已到了無力回天的地步。我們都沒有訴諸於口，唯獨感受到空氣中的默契。慶幸有時間陪伴爸爸，斷斷續續地共同走過終點前的幾段旅程。從他口中了解到一些塵封了數十年的生活點滴，對作為兒子的我彌足珍貴，足以拼湊出父親更完整的人生軌跡。

對父親而言，已沒有甚麼遺憾，唯獨沒法達成藉着來港 60 週年的歷史時刻，和孫兒們作最後道別的願望，這顯然也是我人生的一個遺憾。然而，我的遺憾遠不只這個，從側面反映出我並非一個盡責的兒子。我最大的遺憾，是不能陪伴他走完人生的最後旅程，

未能見到他的最後一面。

我後悔，之前沒有把握時機，向他說聲：「我愛你，感謝你為我付出的一切，感謝你把我塑造成現在的自己。」

期望若干年後，會和父親重逢，一家人再在天上團聚。如果人生真有下一世，我仍然要當爸爸的兒子。

2022 年 4 月 29 日

特殊的聯繫渠道

自從爸爸昨天離開了以後，這個世界彷彿變得很不真實。儘管我已接受了父親遠去的事實，但在生活的每一個瞬間，我仍時刻存在幻想，以致無法分辨得出自己身處的是夢境還是現實。

前天晚上父親被送去醫院之前，在電話裏仍聽到過他的聲音，但以後就不再存在這個可能了。每當想到這裏，我就心如刀割。

那是最後一次知道爸爸仍有意識，也是最後一次聽到那把熟悉的聲音。雖然當時他已極不舒服，但可能仍有話要在電話裏向兒子

傾訴，而我卻只顧擔心他身體上的問題，一味叫他打電話召喚救護車，完全沒有意識到這或許是父子之間最後一次對話。現在回想起來，我希望當時能一直隔着電話和他說話，讓他在我心中留下更多回憶。

今天突然想起我和他在電話通訊軟件中的對話，所以重看了以往的文字紀錄，也重聽了他之前的留言。我又再聽到了爸爸那把沙啞的聲音，暫時紓解了我的思念之情。我在靈機一觸之下，決定以後繼續透過通訊軟件留下我的說話，希望和世界的另一方保持聯繫，好讓爸爸繼續留在我的身旁。

今天，我留下了爸爸走後的第一條信息：

爸爸，在那邊的情況好嗎？我很掛念你。

2022 年 4 月 30 日

揮之不去的遺憾

去年今日此門中

人面桃花相映紅

人面不知何處去

桃花依舊笑春風

若有所失地從酒店房間的大玻璃窗向外眺望，看到燦爛陽光之下的滿園春色，不禁聯想起唐朝詩人崔護的經典名句。

城市中心的美麗花園，繁花似錦，草木茂盛，只是完全失去了往常對眼球的吸引力。只是過了一兩天，玻璃窗外的世界景物依舊，但靈魂已經截然不同。

昨天透過電話通訊軟件向爸爸發出信息幾小時後，我驚訝地發現那段信息已變成「已讀」狀態，令我在那麼一剎那間，曾幻想過爸爸真的接收了我的信息。短暫經歷了由主觀意願構築而成的夢境後，我馬上回復了理智。我猜想得到在電話另一端閱讀信息的人，只是我的母親而已。我深信，她也希望我以後一直這樣發信息給爸爸，藉此紓解她對丈夫的思念之情。

我其中一個最大的遺憾，就是直到現在為止仍未能分辨清楚，父親的病情在最近數星期急劇惡化，究竟是由新冠病毒的「長新冠」後遺症引起，還是因為其中一種危疾的情況轉差而致。我曾經努力尋找證據，但到最後仍一無所穫，所以難免耿耿於懷。

雖說能否得到確實的答案，實際上也分別不大，無論是哪個原因，世間並不存在扭轉乾坤的神奇力量，但至少對我具有重要的意義。能否破解謎團，代表我有否盡了作為兒子的責任，釋除爸爸和自己的疑慮，讓父子在離別時心中不留一絲遺憾和疑問。

我顯然沒有達成自己的願望，因此我不能不責備自己。看來這個遺憾將會在餘下的一生中揮之不去。

疫情下的勞動節

　　冷雨從早上上班的時候，一直下到我下班回家，都沒有一刻歇息過。天空佈滿了灰暗的密雲，天色陰暗，一片涼意，雖然還有五六個月才到秋天，但周遭蕭瑟陰冷的景象，一如秋風秋雨愁煞人般的淒涼。

　　今天是五一勞動節，本來是假日，但早上回了醫院加班。候診大堂整個上午的病人都不多，四個小時我才看了十多個病症，全部都與新冠病毒無關，一次也不需要穿上個人防護衣物，所以工作並不勞累。這跟兩個月前幾乎每個求診病人都是確診者的情況，簡直是兩個世界。其實，這有甚麼好奇怪的呢。人生多變，世事如棋，我的內心世界和三四天前相比，也經已完全換了模樣。心中的暗角和外部世界，今天都是一樣的孤寂和落寞，毫無色彩和生氣。

　　據報道，過去一天本港新增 300 宗確診，是 2 月 5 日以來最低的數字，新增死亡個案也只有五宗，也是近期新低。此外，亞洲國際博覽館在這一波疫情的高峰時，收治了接近 400 名病人，目前只剩下約 40 人。無論是我的個人經歷，還是這些客觀數字，均顯示本港疫情已進入尾聲，相信在不久的將來，死亡人數就會歸零，每日確診人數亦將會降至兩位數字。

　　內地方面，過去一日新增 8256 宗本土個案，上海獨佔 7800 多

宗，較疫情高峰期單日約 2 萬 7000 宗已大幅回落，而死亡人數則連香港的十分一仍未及。昨天，上海嘉荷新苑方艙醫院正式關艙，成為第一個關閉的市級方艙醫院，也是上海疫情緩和最鮮活的一個寫照。

相反，台灣受感染人數則節節上升，過去一日新增 1 萬 6936 宗本土確診個案，再創疫情以來的新高，另有三名病人離世。根據疫情發展趨勢預測，台灣這一波疫情遠未到達最高峰，估計幾天之後單日確診人數將會超過二萬。

三個城市的防疫政策和安排，孰優孰劣，已經不用多說。任何具理性的政府和傳媒，總該不會無視確診和死亡人數，只把焦點集中在「次生災害」之上。如果世上真有這種政府和媒體，那麼它們離滅亡也該不遠了。

以清零求經濟則經濟存
以躺平求經濟則經濟亡

　　過去一星期心情不佳，很少看國際新聞，今天看到早前的一項報道，一下子刺激起了我的思緒。

　　美國商務部 4 月 28 日公布，美國本年首季 GDP 下降了 1.4%，低於預期中的 1% 升幅，更遠低於前一季的 6.9% 上升，也是自 2020 年以來的首次收縮。面對包括俄烏戰爭在內相同的國際大環境，更受到上海封城等嚴峻的考驗，中國在經濟上面對的挑戰不比美國少，反而第一季的 GDP 仍錄得 4.8% 的年增長率。雖然比今年全年增長目標的 5.5% 有一定差距，但在這個驚濤駭浪的時勢，尚算頗為耀眼。

　　早在香港第五波疫情發展初期，社會上已有不少人反對香港像內地那樣，走動態清零的抗疫之路。他們的理據是，這種嚴厲的防疫策略會損害香港的經濟。乃至疫情在上海爆發，內地某些專家還說出了甚麼「因為上海不僅僅是上海人民自己的上海，也是世界的上海」等具有帶風向性質的言論，為上海不作封城的決定護航。他們的立論基礎，和西方國家的考慮基本都是一致的，就是認為嚴厲的防疫措施會影響社會經濟發展。

　　到了現在，具體的國民生產總值數據出來之後，以上的論調看

起來就有意思了。無論是主動也好，被迫也好，美國是貫徹防疫躺平主義最徹底的其中一個國家。如果躺平真的可以在犧牲國民性命的前提下，保障社會經濟發展，那美國的經濟增長應比中國高才對，但事實卻是被無情的打臉。美國不但嚴守躺平的策略，而且更有獨步天下的一項專利，可以毫無節制地印鈔，以挽救風雨飄搖的政治和經濟危機。環顧全球，沒有其他國家擁有這種呼風喚雨的權力。即便如此，美國經濟仍未見起色，整個國家唯獨殯儀行業一支獨秀，業績在 2021 年上升了令人吃驚的 18%，令人為之側目，卻難掩一個號稱全球科技和經濟大國，以人命換取經濟的悲涼景況。

美國人躺平原是為了救經濟，但殘酷的事實證明，躺平不但救不了人，同時也救不了經濟，客觀地闡釋了這種防疫策略是失敗中的失敗。美國現今已有一億人患上了新冠病毒，約佔全國三分一人口，並且失去了接近 100 萬條生命。美國為了在疫情中保住經濟，憑藉美元具有的國際貨幣地位，肆無忌憚地大量發行鈔票，反而為自己製造了泡沫危機。濫發的貨幣絕大部分流入美國股市，但無論股市如何瘋狂上漲，也不能轉化為社會生產力和實際產出，對大部分人的日常生活沒有多大幫助。另一方面，因大量國民受到感染而導致的勞動力下降、產業鏈斷裂、生產力和消費力下降等情況，卻實實在在地侵蝕着這個國家的民生、經濟和治安等範疇，動搖了社會的穩定根基。這種情況，在西方每個受疫情蹂躪過的國家都曾經出現。

反觀中國，每個城市出現疫情都採取嚴密的防疫策略應對，以

動態清零為目標，不但挽救了國民的性命，也保障了經濟的增長。中國政府以事實證明，人命和經濟不是互相排斥的，並非只能二選一的非黑即白，而是二者皆可兼得。這些案例在武漢、廣州、深圳、吉林、上海不斷上演，均能取得一致的結果。這令西方、本港和內地的躺平派，情何以堪。

我記起毛澤東主席以前曾經講過的一句話：「以鬥爭求和平則和平存，以妥協求和平則和平亡」。

我認為這絕對是睿智的結論。在防疫上，若把這種思想轉化為「以清零求經濟則經濟存，以躺平求經濟則經濟亡」的論斷，在經歷反覆驗證後也得以確立。這是對主張躺平的人最有力的回應。

2022 年 5 月 3 日

依仗勢力的狐狸和威風的老虎

因應本港疫情持續回落的趨勢，當局今日重開 10 間早前全面或部分停止服務的普通科門診。這些診所在疫情最嚴重的期間，曾

被轉為治療新冠病毒的指定診所，專門用作診治為數眾多的輕症病人，並且處理一些如開病假證明書之類的瑣碎文書工作。

在那段時間，原本在該些普通科門診定期覆診，以控制諸如糖尿病和高血壓等慢性疾病的病人，因為診所用途的轉變而不能按時接受醫生評估，或需轉往另外一些普通科門診，和那兒本來的病人競爭覆診名額。不少病人都曾對我說過，一兩個月前很難打得通預約覆診的電話，所以藥物吃完之後，就只能任由病情自由發展。那些幸運地取得覆診名額的病人也好不到哪裏，鑒於普通科門診太多病人，那裏的醫生根本無暇逐個病人詳細問診，只能沿用之前處方的藥物，以解藥物耗盡的燃眉之急，根本沒有時間評估病情是好是壞。

今天我的工作是巡查部門專屬的病房，幾名住院病人的血壓由於未能得到適當的監察，都比前幾個月有所飆升。在調整了藥劑量並且控制住血壓之後，我為他們一一寫了轉介信到普通科門診作後續跟進。正常來說，這類覆診一般在兩個星期之內就有名額，但今天都要推遲到一個月之後。剛恢復的普通科門診服務需求量很大，較近期的覆診名額早被病人填滿了。從這種現象可以觀察得到，新冠病毒並不止是影響受感染的人士，也會令沒受感染的市民因未能及早覆診，導致病情無法得到適當控制。這可說是新冠病毒對於一個沒有採取嚴密防疫措施的城市，其中一個最典型的「次生災害」例子。

把視線移到台灣，過去一天台灣出現 2 萬 3102 宗本土病例，

較前一天的 1 萬 7801 宗升幅驚人，再次刷新台灣單日確診數字的最高紀錄。不過，這項紀錄應該保持不了多久，估計 24 小時之後就會被再度打破。

台灣現時是屋漏兼逢連夜雨，由於快速檢測劑的供應短缺，較早前已實施了實名限購的條例。今天的新聞報道指出，大台中醫師公會理事長魏重耀昨證實，許多基層診所都不會幫有症狀民眾快篩，不論確診與否都是依症狀治療。不少醫師認為這波疫情已經流感化，而且快速測試劑是自費的，也難以購買得到，所以乾脆就不篩了。

可以想像得到，依靠這樣的物質甚礎，抱着這樣的心態，抗疫是不可能成功的，台灣疫情的嚴重性有朝一日必然會超越香港，已經是板上釘釘的事。

今天的另一條新聞則頗為諷刺。美國近年一直自詡為台灣的盟友，是台灣的得力靠山，而台灣的動物園裏也有懂得依仗勢力的狐狸和威風的老虎。然而就在本周，美國疾病管制與預防中心（CDC）升級多個地方的旅遊風險，其中包括將台灣從第一級「低風險」調升至第二級「中度風險」，不建議前往作休閒旅遊。

美國是全球疫情最嚴重的國家，歐盟曾禁止前往美國的非必要旅行，該國疫情現時也有反彈跡象。如果真要禁止旅行的話，這個國家自當是長期必然首選。如今美國建議國民停止前往台灣，似乎太不近人情，沒有深切體諒兄弟的感受。

動物園裏，老虎忘卻了之前的疼痛，如今威風八面，而狐狸新創，苦無勢力可仗。

2022 年 5 月 4 日

五四運動 103 週年的反思

今天是五四運動的 103 週年，我要一直工作到隔天黎明。

「記着今晚不要給太多工作我們做。」相識了近 20 年的護士，早上碰面的時候笑着和我打趣說。

「此話何來？」我一本正經地回答。

「今晚有一個我們的護士因病假不能上班，我們缺了一個人手，所以今晚像縫針之類的小手術，千萬不要讓我做。」她繼續說着笑說。

「那麼今晚我所有要縫針的病症都不看，全留給我的下屬看。她要不要妳縫針，是她的事，與我無關。」兵來將擋，水來土淹，我不用一秒就已想好了應對的辦法。

「你這人真狡猾！」她瞬間由嬉笑變成了怒罵，變臉的功夫比四川人還厲害。

「為甚麼妳要強調少了一個我們的護士，這裏還可以少了其他的護士嗎？」我的求知慾讓我認真了起來，渴望找到答案。

「自從疫情爆發以來，我們部門的護士人手極為有限，無法處理大量的病人，所以每晚都由其他專科抽調一些護士，到這裏協助我們工作。但其他科目的護士不熟悉咱們的日常操作，在很多方面都幫不上忙，最主要的工作是幫助我們為病人抽取鼻液，進行快速

抗原測試，而我們的護士就做回咱們的老本行。」她收斂起說笑的表情，詳細地向我道出原由。

自第五波疫情開始之後，所有經醫生評估後需要立即住院的病人，在住院前都須接受快速抗原檢測。一旦被檢驗為初步確診的病人，便需要等候隔離病房的病牀。在疫情最嚴重的那個多月時間，這樣一等就可能要在急診區域等上兩三天。快速檢測呈現陰性結果的，一般來說不需要等候，可以直接入院。由於很多要住院的病人都上了年紀，病情也比較惡劣，所以這類快速檢測的採樣和測試，都需要由護士進行。進行這些看似簡單的醫療程序，雖然無須太高的技術，但卻頗為費時。以每名病人在採樣後需要等候 15 分鐘，才能讀取化驗結果為例，在疫情的高峰時期，每晚都積壓了很多病人等候接受檢測。單是進行採樣和檢測，就耗用了很多的護士人手。

到了第五波疫情中後段的時間，我們開始改變策略，安排護士及早為那些尚未看醫生，但表面上有很大機會需要住院的病人進行採樣和測試，盡量縮短病人在本部門等候入院的時間。

另有一類人士雖然無需住院，但仍要在我們這裏接受快速抗原測試。這些乃是被送抵醫院後無法被救活的死者。若果他們在生前受到感染，其遺體仍被認為具有傳播風險，須作特殊處理。於是，護士需要為其抽取鼻液檢測，以證實他們是否受到感染，才為遺體進行相應的處理，然後移送公眾殮房。

採集鼻液的過程具有傳播病毒的風險，護士需要穿上全套防護服，在獨立的房間或空曠的室外環境進行。一天約八個小時的工作

中，一名護士可能要重複這個程序數十次之多。由於過程繁瑣、單調和危險，所以並非一件受歡迎的任務。幸好有其他科目的護士前來助陣，可以紓緩一下同事們的壓力，我們的日子才稍為好過一點。

根據今天公布的數字，本港最大的公共醫療機構共有 2 萬 2000 多名員工曾受新冠病毒感染，約佔僱員總人數的四分一。醫院是含病毒量最高的地點之一，屬高風險區域，在這裏工作的人員大面積受到感染，是無法避免的事。我早在撰寫這本日記之初，就估算到今日的結果。我並沒有預知未來的神奇魔法，只是具備理性分析的思考能力，能從各國的經驗中作出合理推測而已。

只要具備理性分析的能力，就不會人云亦云，大言不慚地說出虛妄的話，相反能夠撥開重重迷霧看透事物的本質。不是嗎？我昨天才預測台灣的單日確診紀錄不會保持超過 24 小時，今天這個紀錄就從昨天的 2 萬 3102 宗飆升至 2 萬 8420 宗，升幅驚人地超過 23%，比上海最高的數字還要高，所需的時間卻更短。像第五波疫情初期香港某些人鼓吹的那樣，現時台灣不少人同樣認為 Omicron 比流感還輕微，這種說法甚至連香港的那些人現時也不敢再提了。我只知道 Omicron 曾在美國、歐洲、韓國、中國香港造成大量病者死亡，台灣人的基因和體質和香港人相近，無論如何不會比這些地區特別強壯，那憑甚麼客觀原因可以說得出那種虛妄的話？

今天是五四運動 103 週年，看來我們不但需要早已成了陳腔濫調的德先生，更要追隨被遺忘得一乾二淨的賽先生，方能挽救被前者清洗過的腦袋。

來自遠方的團結和力量

　　本港的公營醫療機構在 5 月 15 日後，將正式推行疫苗通行證計劃，所有在 16 日前尚未接種三劑新冠疫苗的員工，不會獲准進入醫院範圍。簡而言之，根據該項規定，在本月 15 日最後限期前未能完成三針接種計劃的僱員，將不能回到工作崗位，亦代表無法履行僱傭合約中定明的責任。

　　今天從同事口中獲悉，距離限期只有十天時間，仍有少數醫護人員尚未完成接種計劃。經歷了席捲而來海嘯般的第五波疫情後，何以仍有一些醫護界專業人士拒絕接種疫苗，我不得而知。身處防疫最前線的醫護人員，理應對新冠病毒的認識較普通市民更為深刻，對疫情的親身經歷也較社會大眾更為豐富，耳濡目染的人間慘劇也較其他人多，但到了這一波疫情的收官階段，仍不願意接種疫苗，讓我很想了解他們內心的真正想法。

　　有一些資歷比我高的同事說，個別人士固執地要求，要到了 16 日才接種疫苗，難免讓人聯想到帶有挑戰權威的意味，更摻雜了曲線對抗的暗示。根據更接近權力中樞的人士所說，當局不會再容忍這些刻意破壞規則的行為。至於會作出何種處分，我也拭目以待，看經歷了這一兩年混亂的歲月後，公營機構的管理層會否硬起來。

　　鑒於本港疫情已進入尾聲，仍留在各類社區隔離中心的確診

者，人數已大為下降。從昨天起，設於機場亞洲博覽館的新冠治療中心已轉為備用狀態，剩餘的病人均被轉往北大嶼山醫院香港感染控制中心。今天，3 月中來港支援的約 210 名內地醫療隊員，已順利完成歷史任務，正式踏上歸途。

我衷心感謝這些志同道合的朋友，沒有他們的幫助，香港那個時候會更顯淒涼。他們是雪中送炭的逆行者，是我不少朋友心中的英雄。相對於那些演技精湛的人，他們是默默耕耘的守護者。正如習主席兩個月前的指示一樣，要戰勝疫情，需要的是團結和力量。這些內地的同袍，儘管勢單力弱，卻代表了來自遠方的團結和力量。

2022 年 5 月 6 日

難以承受的遺憾

了卻君王天下事

贏得生前身後名

父親並非王侯將相、官商巨賈，只是個不折不扣的普通人，生

前兩袖清風，身後灑脫從容，雖然沒有贏得顯赫名聲，卻在兒孫心中留下永不磨滅的慈愛形象。

早上到殯儀館和死亡註冊處，為父親的後事奔走。我幾天前就認定，這項從沒辦過的事是我專屬的責任，只能由我完成，不能假手於人。與其說這是為了盡兒子的孝道，不如說是希望補償自己的遺憾來得更準確。

那天晚上父親被安排住院，基於防疫上的原因，母親不能留守在他身旁，早早就被打發回家。自此之後，我就再沒有聽到過他的聲音，因此不清楚他當晚的情況，無從得知他有何遺訓，也無法了解自己如何幫得上忙。到了主診醫生一大清早打來電話，說明情況已極度惡劣，且建議我同意「不作搶救」的安排，我才意識到已錯過了和他道別的最後機會。雖然剛被電話鈴聲從睡夢中驚醒，但作為醫生，我在半夢半醒的狀態中也能完全明白，從那一刻起任何努力都只是徒勞，讓他平平安安走完人生的最後旅程，無論對他和家人都是最好的選擇。儘管兩個月前，我有着向病人家屬解釋「不作搶救」的豐富經驗，但當身份逆轉，我作為家屬在人生中首次聽到這種建議時，仍禁不住心中隱隱作痛，才切身感受到要從自己口中說出「同意」這兩個字，是何等的沉重。未能聽到他生前最後的話語，未能見到他臨終前最後的一面，忍痛說出同意「不作搶救」的安排，是三個令我難以承受的遺憾。

父親去世後不久，我就意識到在剛過去的兩個多月，香港有數千名新冠病毒死者，其家人也應該有過和我相同的經歷與遺憾，也

感受過和我一樣的沉重和疼痛。

等候期間，我和職員攀談起來，從他們口中得知，過去幾個月也是他們的艱苦時期。其中一名職員聲稱，他從事殯儀業 47 年，從沒遇到過這兩三個月的景象。他對我說，有太多的人由於新冠病毒而死，不但醫院和公眾殮房持久爆滿，連帶他們也應接不暇，以致每天由早到晚都極為忙碌。政府對確診新冠病毒的死者遺體，制定了特殊的處理規定。遺體必須在醫院殮房直接封棺，送到殯儀館後不能進行化妝，親屬也不能瞻仰遺容，這令很多家庭心都碎了。他雖然看慣了生死，但眼見死者家屬的苦況，也曾忍不住落淚。

他的一名同事說，他們這一行是要有人步過人生終點才會接到生意的，死亡是他們的收入來源。但面對堆積如山的屍體，他自己也於心不忍，寧願少發一點災難財。

昨天獲悉，院方估計 6 月或有第六波疫情出現，正着手制定應變計劃。這個消息令我不禁心存疑慮。從新冠病毒在 2019 年年末初次出現，到第五波疫情爆發之間，已經度過了兩個寒暑。在這兩年裏，經歷了前四波的爆發，我實在看不到醫院做出過甚麼有效的準備工作，以至在第五波疫情來襲時瞬間就束手就擒。希望那些政策制定者能夠汲取這次的慘痛教訓，認真做好準備工作，不要再令那麼多家庭被迫面對難以承受的沉重和遺憾。

重獲新生的日子

被關了三天小黑屋，今天出獄，重獲自由。每當想起無辜被抓，身陷黑獄的冤情，心中仍憤憤不平。

三天前，某個美麗國家的社交平台管理員突然傳來信息，指要限制我發帖和回覆的權利，為期 30 日，原因是我在兩個多月前俄烏戰爭爆發首日，在中國東部某省份的某新聞機構網站，於回應時張貼的一幅照片違反了社交規定。那張圖片顯示一個爬上牆頭的人，遠遠看着一頭待宰的大肥豬，僅此而已。這張照片是我在當天從網上下載的，社交平台上也充斥着這張圖片，所以並不是個別事件。事隔兩個多月，這張廣為流傳的圖片竟成了散播仇恨的呈堂證據，我在無法為自己辯護的情況下，未開審先被判監禁 30 天。

我自然不服判決，馬上提出上訴。令人啼笑皆非的是，在提出上訴後不到兩分鐘，我就察覺到 30 天的刑期已被偷偷改為 3 天，而這個社交平台從沒有向我發出任何正式通告。

這件事最令我憤怒的，並不在於橫蠻無理的禁言，而是刑期上的「海鮮價」。這個社交平台就像它所屬的國家政府一樣，長期肆無忌憚地作出長臂管轄，說好的言論自由早已蕩然無存，我也幾次身受其害。你不讓我吃海鮮，我沒問題，因為大洋彼岸的人根本不懂烹調海鮮，而不吃海鮮我還有其他更美味的食物可吃。但是，先

把紅衫魚的價格定為 300 元一條，貴得讓我吃不起，在我提出異議兩分鐘後，就把價錢無聲無息地調低到每條 30 元，性質就變成了商業騙案，無疑把我當成羊牯那樣敲詐。

受這件事的啟發，我對現時社交平台上謠言滿天飛的狀況有了更切身的體會。在之前很長的一段時間，我對各種社交媒體上出現大量無視事實、缺乏理性、固執偏激的言論大惑不解，心裏有個很大的疑問。即使社會上有一羣這樣的羣體，但總會存在其他客觀理性的人，何以網絡上很少看到這些人的意見，以至狂妄言論竟形成了一面倒的主流。如今我終於明白過來，並非沒有理性睿智的人，只是他們的見解不符合美麗國家的審查要求，所以他們的言論被刪除，發言權也被剝奪，剩下的就只有被刻意扭曲而成的言論自由。只有符合他們意識形態標準的信息，才有機會被發佈出來，藉此製造輿論風向，影響其他人的思想。

可憐一些入世未深的人，受到社交媒體單方面製造的輿論假象蒙蔽，以為自己站在大多數人那邊，誤信自己所持的意見代表真理和正義，結果以身試法，一失足成千古恨，再回頭已百年身。

重獲新生後，得知過去一天，本港新增 278 宗新冠確診個案，兩個多月來首次沒有死亡個案。死亡人數首次清零，具有里程碑式的意義，是一個標誌性的日子。期待確診人數也能盡快清零。

不一樣的母親節

今天是母親節，早上陽光普照，一掃幾天來的陰風細雨，天氣好得不能再好。

梳洗過後，例行性地打開電話，看到朋友傳來某網絡名人所寫的一篇文章，題目為《有些病，不是用藥醫治》。一看之下，頓時觸動心中痛處，令多愁善感的我剎那間陷入沉思。

那篇文章有以下的描述：

朋友的母親早前跌倒入院，90 多歲，有點認知障礙，表達能力不佳……原本會行會走又精靈的媽媽，跌倒後不能行動，護士怕她亂動再跌傷，於是老人家幾星期來都是被綁在牀上。

疫情期間不能探病，老人家叫苦無人知。

朋友說母親從來沒有吃飯問題，這天卻收到醫院通知說媽媽不肯進食，再這樣下去就要插胃喉。

朋友覺得奇怪，跑到醫院了解，才發現原來媽媽一直沒刷牙。

她本就不能動，醫院內沒人替她漱口清潔，老人家覺得不舒服，胃口盡失，自然不願吃飯。

另一位朋友的母親也是因為跌倒入院，她一進院就不斷嘮叨要找女兒，護士告之現在不能探病，老人家不太理解，懷疑女兒嫌她煩丟棄她，於是鬱鬱寡歡，外傷變成內傷的心病。

還有位朋友太太也是腦退化，本來活動自如，跌倒入院後，護士為了方便照料，替她穿了尿布，綁在牀上。

我爸爸兩年前疫情開始時也因為跌倒入過醫院，人進院後就人間蒸發。

不能探望，電話也長期打不通，後來才知道，原來爸爸的手機被護士沒收了，沒收原因是：「阿伯個電話常常亂放，丟了我們要負責，所以代他收起來」。

已經沒人看望，連電話都不讓打，老人家不敢反抗，我們就這樣跟爸爸失聯兩個月。

好多人都說，比較其他國家和地區，香港醫療水平算很好了，這個我承認，但問題是，因為公營醫院人手太短缺，所以留院的病人只能醫病，準時打針吃藥，卻得不到最基本最正常的關顧。

作者所描述的，無疑是千真萬確的事實，每天都在醫院裏上演，對在醫院工作的人來說，並不是甚麼新鮮的事物。但看完這篇了無新意的文章後，聯想到剛發生在自己身上的事情，把情況套在家人身上，竟意外地引發了強烈的共鳴，內心倍感淒酸。

雖然沒有親眼看見，但我內心知道，兩名早前患過新冠的親屬，臨終前的一段時間確曾經歷過相同的際遇。每次想起那種難以讓人釋懷的對待，後人都欲哭無淚，唯有把眼淚滴在心裏。

兄弟們下午和母親到醫院認領父親的遺體。我坐在汽車的駕駛席，透過身邊的車窗隔着馬路遙望殯房的入口。一想到過去十天，爸爸一直躺在那間冷冰冰的房間，我又再不其然地陷入這幾天恍恍

惚惚的迷惘之中。雖然已經接受了事實，但仍不時責備自己，一些早應該做的事何以沒有及時做好。可以的話，真希望可以重新再來一次。

在母親節這個特殊的日子，要讓母親處理這種事情，兄弟心裏都埋藏着戚戚然的罪疚感。希望父親在世界的盡頭安好，也暗暗立下誓言，以後不能再疏忽了母親。

2022 年 5 月 9 日

一個標誌性的時間節點

今天是佛誕假期翌日，是近月來最繁忙的一天，早上有很多需要急救的個案。救護車的警笛聲在診症室大門外響個不停，救護員不時氣喘如牛地推着病牀進來，室內的廣播系統也沒有多少歇息的機會，頻繁地傳出護士呼喚醫生的急促語調。

我今天從早上 8 時起就一直坐在診療室內，負責看情況比較輕微的病人。從這些人的病徵可以判斷得出，他們或許不再視醫院為

高危的地方，已經重拾信心回來看一些大可到普通診所處理的小問題。多年以來，我早已看透羣眾的心理，也靈敏地感應到不可泄漏的天機。香港的緊急醫療系統素來以被過度濫用著稱，平靜時期充斥着大量輕微病症，這些病症在西方國家的醫院急診部門是不會遇到的。每當到了疫情嚴峻的時候，這些人就會敏銳地嗅到空氣中危險的氣息，機靈地學懂明哲保身之道，自絕於毒霧瀰漫的急診部門之外。我整天都在全速地看那些維生指數正常、活動能力自如的病人，但等候時間仍愈拉愈長，到我離開的時候已長達三四小時，代表病人的意志力和耐性完全回歸了，也從一個側面反映了第五波疫情的緩解。

為了提高公立醫院醫護人員在抗疫上的士氣，有關當局自 2 月 11 日開始，向在前線單位工作的員工提供現金津貼，並把醫生護士加班費的時薪調高 10%，以補償因工作量劇增而額外付出的辛勞，並藉此提供誘因吸引醫護人員加班，從而紓緩人手短缺的狀況。

隨着第五波疫情進入尾聲，當局在本月初已決定取消這兩項薪津上的補貼，今天已到了最後一天，明天將會正式結束。這可視為第五波疫情結束的一個標誌性節點。

客觀數字也能反映這波疫情即將降下帷幕。衛生署今日公布，本港新增 233 宗確診，再多一人離世。與三月初疫情最高峰時相比，這兩個數字均只是當時的二百多分之一左右。

下班後到了尖沙咀和朋友吃晚飯，街上車水馬龍，好不熱鬧。這景象和 3 月尾入住酒店初期，於晚上見到城市中心的冷酷異境，

真有天淵之別。社會經濟活動重新活躍起來，預計為醫護人員設立的酒店臨時住宿安排，到了 5 月 22 日這期最後的一天也將會完結。

可憐那失去性命的 9000 多人，永遠無法看到香港走出疫情的一天。在他們的墓誌銘上，生命結束的年份不約而同都聚集在過去這兩三個月之內。若干年後，當疾風停息，世界回復平靜，他們的哀鳴隨風而逝，不知道世人仍否記得他們於疫情前曾經存在過。

2022 年 5 月 10 日

「磚加支燃」

早上在車內收聽電台廣播，一名專家在訪談節目中稱，雖然過去幾天位於元朗的牡丹金閣餐廳出現集體感染羣組，至今共涉及 12 名染疫人士，但現時防疫的主要方向應該是推動全面重開各行各業，促進社會經濟復甦，故不應再重啟熔斷機制，強制該餐廳休業。政府應該以加強推動疫苗接種和疫苗通行證兩項措施，取代早前的防疫對策。

我聽了這種說法之後，不禁張開口停頓了數秒之久，仍不能說出一句話來。我心裏想，政府不是一直都勸籲市民接種疫苗及使用安心出行，並計劃推出疫苗通行證嗎？這些措施政府一直在推行，不過市民是否跟着做是另一回事。即使這些措施的出發點是好的，在醫學上是有根有據的，但若市民不肯合作，處處搞對抗，政府又可以怎樣。只要回想一下，之前顧客使用假安心出行應用程式、護士假裝為親友注射疫苗後發出疫苗證書、私家診所販賣豁免疫苗接種證書等層出不窮的荒唐例子，就可以一窺社會上某些人為了與政府對抗，甘願冒上牢獄之災也在所不惜。德高望重的專家提出的建議可說是天下無敵，但該如何推行恐怕連自己也有心無力，難道真要政府再次背上專制獨裁的罵名，透過剝奪市民的自由而強制執行？這豈非又為某些傳媒提供了攻擊政府的最新一批彈藥？

坐在我身邊的乘客，在我哼聲之前突然嚷道：「我如今已經不敢再相信那些所謂的專家和顧問，他們說的話讓我們市民難以理解。他們身為政府的顧問，提出的建議如果以失敗告終，導致疫情失控，還死了很多人，難道真的可以把所有責任都推給政府，自己完全置身事外？我還記得年多前，明明是這些專家建議政府禁止中午堂食，但政策推出的第一天即招來各界非議，他們竟然第一時間跳出來，猛烈抨擊該措施令市民無處果腹，並非一個愛民如子的政府應有的作為。還有一次，一名外行的專家指某餐廳的換氣量不足，引發羣體感染，最終導致那家餐廳結業。後來經過真正的室內環境測量專家查證，證實那家餐廳並沒有換氣量不足的問題，雖說

還了經營者一個清白，奈何已落得慘淡的下場。我那時認為這些人極為無恥，如果不用為自己說過的話負責，那與火上加油有何分別，不就是支持燃燒嗎？」

「我覺得最為匪夷所思的是，年多前某些專家說新冠病毒是由某種哺乳類動物傳給人類的，並說那是由於中國人的壞習慣而起。過了一段時間之後，美國政府卻指責新冠病毒是出於中國的生物化學實驗室之手。這就有意思了。美國政府的情報來源甚廣，絕非香港這些專家可比擬的。要信的話，我只能選擇相信美國政府。如果美國政府說的為真，這些專家說的就必然是假。如果美國政府說的是假的，本地的專家不是應該挺身而出，捍衞真理，為中國的生物化學實驗室辯護嗎？結果，他們令人遺憾地沒有那樣做。更諷刺的是，美國政府歷時數月的調查，最終並沒有找到真憑實據支持自己的說法，而我們的專家也不再堅持自己的論點了。美國政府竟然一石二鳥，同時推翻了自己和本地專家的結論，為中國討回了公道。」

我對鄰座乘客的洞察力擊節讚賞，體會到他的不吐不快，說出了隱藏在我心裏一年多的秘密。

若干年前，我在網上看到內地人把「專家」二字，刻意寫成「磚加」，總覺得他們不太厚道。後來隨着人生經驗的積累，我也在耳濡目染的薰陶之下，逐漸變成了那種沒有文化的市井之徒。

晚上下班後，回到酒店，開始動筆寫今天的日記，從報道中得知牡丹金閣再多 8 名顧客染疫，羣體累計 20 人受到感染。這回我倒要看一下，未來的兩三天政府會否責令這間餐廳休業。

台灣方面，過去一天又再創造了確診數字的新高，共 5 萬 0780 宗新增個案。這個數字已經貼近三月初香港疫情的高峰。盼望為台灣出謀劃策的是專家，而非磚加。

作為一個崇尚真理的人，我打從心底裏堅信，專家之言總勝過「磚加支燃」。

2022 年 5 月 11 日

以灰暗的色調落幕

早上推開酒店大門步出鬧市街上，外面下着微雨，天空佈滿密雲，把整個城市籠罩在一片灰暗迷濛之中。

據說，這樣不穩定的天氣還要持續三四天，珠江口上空飄浮着一片雷雨帶，預期會帶來持續的狂風雷暴和傍陀大雨。

不經不覺《為了忘卻的記憶》已經寫到第八十七篇。我在 2 月 14 日情人節開始寫下第一篇的時候，設想以三個月為期，疫情應該就會退卻。現在看來，當時的預計是十分合理和準確的，只不過

在開始的時候，無論如何也沒法想到，到了日記的最後階段竟是以這種灰暗的色調落幕。畢竟，天有不測風雲，人有旦夕禍福，太多天下事無法以人類的主觀意志而改變，也不可能以個人的良好意願為依歸。

三個月過去之後，還能活着，已經很好。今天空氣中積壓的陰暗和憂鬱，他朝始終會消散，只要把它視作過眼煙雲，不作無謂的情感糾纏，心中的傷口終歸會癒合。

趁着這本日記進入倒數階段，今天最後一次對中國內地、中國香港和中國台灣三地的疫情發展，作綜合性的審視。

首先是香港，疫情最近幾天已進入了低水平的橫行階段，每天的確診數字只在二三百人左右。最近的一個多星期，我在工作崗位只檢測出一名新確診的病人，足以親身體驗疫情回落的平靜。當局今天宣布，八間新冠指定診所將在明天起停止運作，經過全面消毒後，後日 13 號即會恢復普通科門診服務。

上海方面，疫情也逐漸進入了尾聲，過去 24 小時新增 228 宗本土確診，另有 1259 宗無症狀感染，死亡病例僅有七宗。報道稱，徐匯區已達到社會面基本清零標準，共有八個區和浦東新區部分街鎮社會面基本清零。根據這種發展趨勢推測，單日確診數字將會在一兩日內回落至 1000 以下。上海自 3 月底開始封城，至今過了大約一個半月的時間，經濟損失固然巨大，但成功挽救了成千上萬的性命，疫情高峰只有香港的一半規模，像香港那種醫療系統崩潰和大規模死亡事件，從來沒發生過。復旦大學今天發表研究報告，指

出如果中國放棄清零政策，將有海嘯式疫情爆發的風險，或會導致 160 萬人死亡。

　　台灣方面，疫情完全沒有絲毫回落的跡象，仍然處於上升階段。本土病例從前一天的 5 萬 0780 宗，又再向上急升至 5 萬 7188 宗，繼續刷新台灣的單日新高，也超越了香港的峰頂。台灣地區的疫情在 5 月 8 日超越南韓和美國，慘登世界第一。昨天，台灣單日確診人數突破 5 萬大關，高居亞洲第一。不但如此，重症與死亡人數也創新高。專家呼籲，政府絕不可忽視 Omicron 對特定族羣的威脅。我在昨天的日記中寫過，盼望台灣由真正的專家領導抗疫。看到台灣專家的說法，我可以稍為放下心頭大石了。

　　兩岸三地，哪個地區在抗疫上的表現最出色，有目共睹，客觀數字可作為判斷的依據，無需多言。

長津湖水門橋

　　今天繼續下着傾盆大雨，我趁着早上的空閒時間，到附近商場的戲院看電影。

　　第五波疫情爆發前，我最後一套看的電影，是講述 1950 年代抗美援朝戰爭中第二次戰役的《長津湖》。戲院重開之後，今天我才第一次看電影，看的是《長津湖》的下集《水門橋》。看完後有感而發，希望以這兩套電影為題，書寫今天的日記。

　　我本身極喜愛看戰爭片，無論是荷里活的還是中國的，也同樣會看。看戰爭電影，我從不糾纏於意識形態之爭，只看編劇是否忠於歷史背景，戰爭場景是否宏偉浩大，作戰畫面是否逼真緊湊，故事情節是否感人。如果一套電影同時滿足了以上四個標準，對我來說就是好的戰爭片。

　　平心而論，這兩套電影都拍得相當不錯，大卡士、大製作，戰鬥場面緊張逼真，電腦特技甚為精彩，可以媲美荷里活大片。而且，文戲方面也經過精心設計，觸動人的心靈。每套電影各長約三小時，但一點悶場也沒有，這已經十分難得。最重要的一點是，它們基本還原了歷史事實，對長津湖戰役的背景，作出了如實的鋪排和刻畫。

　　由於本港學校缺乏歷史和國家意識的教育，不少對軍事認識不

深的普通市民，以及少數心裏擁有特殊出發點的人士經常說，抗美援朝期間中國戰死的士兵多於美軍，所以中國輸掉了那場戰爭。就連這兩套電影從正面的角度，歌頌中國人民志願軍在裝備處於絕對劣勢的情況下，在戰爭初期於中朝邊境附近長津湖地區擊敗美軍的歷史事件，也引來某些人的橫加指責和批評。

幾個月前《長津湖》上映的時候，網上不少熱衷於以鍵盤編造反面事實的戰士，曾肆無忌憚地對電影作出攻擊和抹黑，情況就如被事實反覆證明成效顯著的中國防疫政策，也招致他們的無理抨擊一樣。

要駁斥這種錯誤的觀念，道理其實十分簡單。從來沒有軍事家說過，戰爭的勝負只由傷亡數字決定，事實足以證明那是一種謬誤。如果單以陣亡人數決定一場戰爭的勝負，那在第二次世界大戰中的蘇聯戰場，蘇軍陣亡士兵的人數一定較納粹德軍多，再加上平民的死亡數字，就更是不成比例。然而，誰才是最後的勝利者，恐怕就不需多加說明了。

從這點最基本的認知出發，就可以知悉中國士兵傷亡較美軍多，並不足以達致中國輸掉抗美援朝戰爭的結論，還必需看其他的證據。

首先，中國當時一窮二白，甚麼資源都沒有。1950 年志願軍入朝時，根本沒有飛機、大砲、戰艦等重武器，甚至連禦寒的衣物都嚴重不足。當時中國唯一的資源就是人，而美國的戰爭資源卻是飛機、大砲、戰艦等精良的裝備。但你打你的仗，我打我的仗，美

國總不能強迫中國以他們的方式作戰。美國飛機大砲多，自然以自己的優勢進行戰鬥。中國的戰爭資源是人，自然也以本身的優勢作戰。這是天經地義的事，也別無他選。如果單以某類數字作決定的話，那美國在戰爭期間損失的飛機大砲肯定比中國多，那算不算中國贏了？誰說一定要以傷亡人數作決定。在此之前，從來沒有一個國家在面對美國佔優勢的戰力下，曾經迫使美國坐到談判桌。從這個角度來看，中國是輸了還是贏了？

若從戰役層面着眼，審視該場戰爭雙方實質控制土地的變更，也能一窺誰勝誰負。中國參戰是在朝鮮北部的崇山峻嶺之間開始的，結束戰鬥的時候是在朝鮮半島中部的三八線。中國人民志願軍在三年之間向南推進了不少，控制了更多的土地。美軍和中國軍隊開始作戰之初，也是在北朝鮮的崇山峻嶺，結束戰爭的時候也是在三八線，三年間明顯向南退卻了很多，失去了大量土地的控制權。從這個角度而言，若說中國戰勝，恐怕沒有人能提出有力的異議。

若進一步作更深層次的探討，可從戰略層面審視戰爭的結果。中國出兵的戰略目的達成了，但美國沒有達到，所以在這個更高的層面，中國毫無疑問是勝利的一方。中國出兵的目的並不是要幫助朝鮮吞拼整個朝鮮半島，中國也自知沒有把所有聯合國軍隊從半島殲滅或趕走的能力，因而只是希望保存朝鮮這個友好國家作為緩衝，確保由美國支持的南朝鮮政權不至於逼近自己的國門。相反，美軍從仁川登陸的戰略目的，顯然不單止為了奪回南朝鮮原本的國土，而是旨在一舉殲滅朝鮮這個共產主義國家，否則也無需攻入朝

鮮境內，兵鋒直指鴨綠江。美國總不會在殲滅所有朝鮮軍隊之後，繼續維持一個北方的親中政權，然後和中國握手言歡吧。

最後，還有一個最容易為人所忽略的要點需要檢視。戰爭是政治的延續，是達成政治目的的其中一種方式，而不是目的本身。每一個國家的軍隊都不是為了戰爭而作戰，而是為了政治而作戰。戰爭一直以來都服膺於政治之下。

若從政治的角度出發，中國在抗美援朝戰爭結束時，絕對是以戰勝國的形象班師回朝。

自 1840 年的第一次鴉片戰爭開始，洋人藉着船堅砲利敲開中國國門，中國可說是每戰皆北。割地賠款，喪權辱國，曾經的天朝大國被收拾得抬不起頭來，國人以往的自信心和榮譽感，自此喪失殆盡。抗美援朝戰爭是新中國立國後的第一場戰爭，它一洗百多年來中國任人魚肉的歷史，重新喚醒了中國人的鬥志和精神面貌，成功把全國人民團結在中央領導之下。成功迫使美國代表在板門店簽署停戰協定，不啻是一種巨大的政治勝利。中國共產黨當時在其他方面無論如何努力，也根本沒法在短時間內獲得相同的政治成果。

如果當年中國沒有出兵，美軍在全殲朝鮮軍隊後，就會抵近中國的邊境，不斷對中國進行滋擾，不斷製造麻煩，甚至伺機直接威脅中國腹地。這場仗遲早要打，而中國也真的以小米加步槍，和世界頭號軍事強國打了起來，最終用戰果令世界領略了中國陸軍之不可撼動。這無疑是最好的外交宣傳攻勢。自朝鮮戰爭以後，再沒有任何一支外國軍隊膽敢侵佔中國領土。抗美援朝中以弱勝強的決心

和勇於犧牲的精神，其後也一直影響着中國人，君不見如今中美在各方面激烈交鋒，中國仍然以《長津湖》這類影視作品鼓舞士氣。假若中國不是在抗美援朝中取得勝利，又如何會有足夠的底氣大張旗鼓地宣傳。

相反，在政治層面上，美國於這場戰爭卻輸得一塌糊塗。先有麥克阿瑟主帥因提議使用原子彈攻擊中國而和白宮意見不合，被杜魯門總統解除職務。陣前易帥乃兵家大忌，若非戰局對美方不利，美國不會輕易這樣做。此舉首開美軍最高級將領被白宮解職的先例，對美國軍方和白宮之間的溝通造成深遠影響。再者，號稱全球頭號軍事大國的美國，竟然戰勝不了一個百多年來從沒打過勝仗的國家，對其國際聲譽造成了無法彌補的損害，以致杜魯門在其後的美國總統選舉中敗於艾森豪威爾，未能成功連任。所以，這場戰爭好像被美國遺忘了一樣，自此不願再被提及。美國的荷里活戰爭片，一直把美國塑造成打遍天下無敵手的國家，無論是納粹德國，還是日本皇軍，都被美軍打得焦頭爛額，甚至蘭保一人就可以把入侵阿富汗的整支蘇軍送上西天，但卻從來沒有任何一套電影，講述美軍擊敗中國人民志願軍。這就是在政治層面上美國完敗的最佳例子。

如今中國的太平盛世，不是天掉下來的。世上哪有甚麼歲月靜好，只因有人替你負重前行。如果沒有當年中國人民志願軍全體將士用命，憑藉不怕犧牲的大無畏精神，成功禦敵於國門之外，何來今天和平發展的機遇。

回到疫情上來，如果中國沒有建立全球獨一無二的重人命、輕經濟的指導思想，沒有由政府人員、醫生護士、社區居委、志願人士組成抗疫大軍，同心協力與病毒作戰，又怎會取得感染和死亡人數雙低的驕人成績，社會經濟還保持了平穩的發展。這個成就，西方先進國家由於體制上的不同，缺乏中國的動員力和執行力，即使想做也不可能做得到。

正如中國人民志願軍在長津湖冰天雪地之間，奮勇擊潰不可一世的美軍陸戰第一師，實實在在的戰績無法被抹黑一樣，中國抗疫大軍這兩年有效遏制新冠病毒的成果，也如同在黑夜中射向半空的信號彈，即使閉起雙眼，仍會感受到在深邃夜空中閃爍的光芒。

2022 年 5 月 13 日

是時候說再見

昨晚下班後沒有回家，因為太太說我們暫住的地區水深及膝，擔心車子停在露天地方會受洪澇損毀。

在酒店過了一夜，早上比往常趕上班還起得更早，希望趕及回家送兩名孩子上學，怎知停定車子之後，太座才打來電話，說因暴雨關係教育署宣布今天停課。

對我來說，這也沒有甚麼損失。回到家裏，兩名孩子已準備好上自願性質的網課。梳洗過後，我便上牀倒頭大睡，補回昨夜因寫整本日記最長的一篇文章而失去的睡眠時間。

按照原本的計劃，日記已經寫到最後的第二天。回想 2 月 14 日正在工作時，某種陌生的力量突然按下深埋在體內的警報系統，使我驟然感應到疫情正以前所未見的速度變得嚴峻，撲面而來的危機感觸動了身上的每一條神經。我的第六感焦急地向我發出預告，這一波疫情正瀕臨失控邊緣，疫情的規模和結果將會使人觸目驚心。那天晚飯時忽發奇想，萌生了以自己最熟悉的筆桿，記錄下本地有史以來最殘酷的一場浩劫，希望成為掌握第一手資料的歷史見證人。當時預計，這波疫情在兩三個月後將會回復平靜。現在看來，我在第一天的估計是準確的。然而，我卻未能預知疫情發展的過程，也低估了病毒對這個城市造成的創傷。

在過去的三個月裏，無論需不需要工作，我每天都得抽時間寫下當天與疫情有關的點滴。如果下班得早還好，放工後還有比較充裕的時間捋清思緒，對當天的重要事件作出深入分析和刻畫。假若晚上才離開醫院的話，留給我寫作的時間就十分緊迫。在數十個夜深時分，我要使勁絞盡枯竭的腦汁，吃力睜開惺忪的睡眠，從靈魂和內心深處找尋最適當的字句，來表達我親歷的景況和抒發跌宕的

情感。89 天下來，無論在精神和體力上，我都已經累得無法繼續。值得慶幸的是，如今的情況也許不再需要我操心了。

寫到這裏，心裏那種難捨難離的思緒，彷如窗外下了一整天的雨水，無法止息。雖然心底裏升起一絲揉合了各種情緒的複雜感覺，但看到市面回復生機，我也情願就此擱筆。

希望不需要在下一波疫情再寫這樣的日記。

2022 年 5 月 14 日

危城三月完結篇

今天是爸爸從內地來港 60 週年的日子。60 年前，他為了尋求更好的生活，就如很多其他人一樣，在 5 月 14 日這一天從內地跨過深圳河，首次踏足英國統治下的香港，而且一住就住了接近 60 年。

小時候聽他說那段歷史，內心沒有甚麼感覺，到了出來工作以後，才開始真正體會爸爸當年的心境。我曾數度向他提出請求，把

那段發生在一個月黑風高晚上的情節，重新複述一遍。對於我來說，爸爸在那天晚上的形象，就如特種部隊士兵一樣矯健、英勇和魁梧。

到了 4 月中的時候，爸爸的身體日漸衰弱。他從來不是一個嘮嘮叨叨的人，說話不習慣長篇大論。如果不問他，他不會自己把話說出來。雖然沒有訴諸於口，但他自己似乎也料到將要面對的情況，在一次母親詢問他有何願望時，他只簡單地說出希望孫兒們能在他來港 60 週年那天回家吃飯，讓他們一同在家裏玩。我聽到這個願望時，感覺他非常捨不得孫兒們，所以希望趁着這個值得紀念的日子，可以再見到他們一次。無奈的是，天意弄人，他等不到這一天。

今天，兒孫們回到父母家中吃晚飯，總算完了爸爸最後的一個心願。看着他們幾個聚精會神地玩着遊戲機，由衷地感受到生命沿着一條由父親在 60 年前開創的軌跡延續下去，希望他在天上不再有遺憾。我相信冥冥中上天有一個主宰，如果不是的話應該不會這麼巧合。今天，我剛好把這本抗疫日記寫滿三個月，恰好到了計劃中最後的一篇。剛開始籌劃日記的時間框架時，我如何也不會料到，最後的一天竟以這種方式落幕。

後記

　　這本書出版之時，離本港第五波疫情爆發初期約有一年時間。很不幸地，雖然疫情曾在 2022 年 5 月回落到一個極低的數字，但卻從未完結，而且在數月之前又重新飆升。在這一年之內，因疫情死亡的人數約為 1 萬 2000 人，是本地每年流感死亡數字的三、四十倍。根據衛生署衛生防護中心發布的統計數字，曾接種至少兩劑新冠疫苗的本地感染個案之個案死亡率為 0.13%，而從未接種疫苗或只曾接種一劑疫苗的個案死亡率為 1.77%，兩者相差了 13.6 倍。

　　Omicron 新冠病毒變異株是否輕微的流感，以及疫苗是否能降低新冠病毒死亡風險，在客觀數字面前，已有了肯定的答案。

2022 年 12 月

責任編輯	林雪伶
裝幀設計	趙穎珊
排　　版	高向明
印　　務	龍寶祺

為了忘卻的記憶 —— 一名香港前線醫護人員的抗疫日記

作　　者	史可鑒
出　　版	商務印書館（香港）有限公司
	香港筲箕灣耀興道 3 號東滙廣場 8 樓
	http://www.commercialpress.com.hk
發　　行	香港聯合書刊物流有限公司
	香港新界荃灣德士古道 220-248 號荃灣工業中心 16 樓
印　　刷	美雅印刷製本有限公司
	九龍觀塘榮業街 6 號海濱工業大廈 4 樓 A 室
版　　次	2023 年 2 月第 1 版第 1 次印刷
	© 2023 商務印書館（香港）有限公司
	ISBN 978 962 07 3468 7
	Printed in Hong Kong

讀者如有健康問題，宜諮詢相關醫生的意見。本書為保障病人私隱，已隱去姓名、病情等資料，以及對部分事件作出修飾，惟作者與出版社不會為任何對本書內容的應用負上醫療責任。